AF205048

Tucholsky Wagner Zola Scott Sydow Freud Schlegel
Turgenev Wallace Fonatne
Twain Walther von der Vogelweide Fouqué Friedrich II. von Preußen
Weber Freiligrath Frey
Fechner Weiße Rose von Fallersleben Kant Ernst Frommel
Fichte Richthofen
Engels Fielding Hölderlin
Fehrs Faber Flaubert Eichendorff Tacitus Dumas
Maximilian I. von Habsburg Fock Eliasberg Zweig Ebner Eschenbach
Feuerbach Ewald Eliot Vergil
Goethe Elisabeth von Österreich London
Mendelssohn Balzac Shakespeare Dostojewski Ganghofer
Lichtenberg Rathenau Doyle Gjellerup
Trackl Stevenson Tolstoi Hambruch Droste-Hülshoff
Mommsen Lenz Hanrieder
Thoma von Arnim Humboldt
Dach Verne Hägele Hauff
Reuter Rousseau Hagen Hauptmann Gautier
Karrillon Garschin Defoe Baudelaire
Damaschke Descartes Hebbel
Wolfram von Eschenbach Hegel Kussmaul Herder
Darwin Dickens Schopenhauer Rilke George
Bronner Melville Grimm Jerome
Campe Horváth Aristoteles Bebel Proust
Bismarck Vigny Barlach Voltaire Federer Herodot
Gengenbach Heine
Storm Casanova Tersteegen Grillparzer Georgy
Chamberlain Lessing Langbein Gilm Gryphius
Brentano Lafontaine
Strachwitz Claudius Schiller Kralik Iffland Sokrates
Bellamy Schilling
Katharina II. von Rußland Gerstäcker Raabe Gibbon Tschechow
Löns Hesse Hoffmann Gogol Wilde Vulpius
Luther Heym Hofmannsthal Klee Hölty Morgenstern Gleim
Roth Heyse Klopstock Kleist Goedicke
Luxemburg Puschkin Homer Mörike
La Roche Horaz Musil
Machiavelli Kierkegaard Kraft Kraus
Navarra Aurel Musset Kind Moltke
Nestroy Marie de France Lamprecht Kirchhoff Hugo
Laotse Ipsen Liebknecht
Nietzsche Nansen Ringelnatz
Marx Lassalle Gorki Klett
von Ossietzky May Leibniz Irving
vom Stein Lawrence
Petalozzi Knigge
Platon Pückler Michelangelo Kock Kafka
Sachs Poe Liebermann Korolenko
de Sade Praetorius Mistral Zetkin

Der wunderbare Hund

Unbekannter Verfasser

Impressum

Autor: Unbekannter Verfasser
Übersetzung: Cosmo Pierio Bohemo
Umschlagkonzept: toepferschumann, Berlin

Verlag: tredition GmbH, Hamburg
ISBN: 978-3-8424-1288-0
Printed in Germany

Der wunderbare Hund

oder

Der durch List und Bosheit eines bösen Weibes
in einen Hund verwandelte Amts-Schösser,
welcher mit seinen Aventüren
den Lauf der Welt vorstellt.

Aus dem Polnischen ins Deutsche übersetzt
von Cosmo Pierio Bohemo anno 1733.

Anrede an den günstigen Leser!

Nachdem mir dieses sehr artige und kuriose Traktätlein in die
Hände kam, und ich mich darin umschaute, so fand ich eine solche
Gemüts-Ergötzung, daß dadurch bewegt wurde, des Lesens nicht
aufzuhören, bis ich das Ende erreichte; worauf ich es denn etlichen
guten Freunden kommunizierte, welche mir danach so kontinuier-
lich in den Ohren lagen, bis ich endlich bewogen wurde, solches in
die reine und hoch-deutsche Sprache zu bringen und in den Druck
zu befördern:

Dieses Traktätlein betitelt sich *Der wunderbare Hund*, kann auch in
Wahrheit so genannt werden; denn die seltsamen Begebenheiten,
welche sich mit diesem verwandelten Hund zugetragen haben, sind
wohl würdig, gelesen und angehört zu werden.

Wie sich aber diese menschliche Verwandlung in einen Hund begeben hat, soll der hochgeneigte Leser alsbald zu vernehmen haben,
und zwar aus dem Mund dieses verwandelten Menschen selbst,
welcher (nachdem er nach langer Zeit seine menschliche Gestalt
wiederum empfangen hat), die ganze Begebenheit dieses Traktät-
leins beschrieben und zu Papier gebracht hat:

»Ich«, bekennt er, »bin ein Bauern-Sohn aus der Wallachei, und nachdem mich mein Vater in der Jugend fleißig zur Schule angehalten hat, habe ich auch mit der Zeit im Schreiben, Rechnen und etwas Latein ziemlich zugenommen; worauf ich denn in Polen zu einem Edelmann gekommen bin und als ein Kammer-Diener angenommen wurde.

Als ich nun lange ihm guten Dienst erwiesen hatte, hat er mich endlich gar in Masuren zu einem Dorf-Schösser verordnet und eingesetzt.

Als ich nun einmal von meinem Junker oder Edelmann Befehl erhielt, bei Vermeidung unabläßlicher Strafe die Kontribution oder Steuer einzubringen, sollte ich im Fall, daß jemand seine Schuldigkeit abzuführen sich weigern würde, denselben pfänden und das Vieh oder andere Mobilien mit Gewalt wegnehmen.

Da ich nun solchem Befehl nachlebte, und damit ich meinem Amt gebührende Genüge täte, forderte ich unter anderem auch von einer alten Witwe ihre schuldige Kontribution.

Diese war zwar nicht arm, sondern sie war von derselben Gattung, die das Schwert im Maul führen und die Obrigkeit gerne mit Worten bezahlen möchte.

Weil ich aber meinen Junker mit Worten nicht befriedigen konnte, sondern das Geld dazu vonnöten hatte, also befahl ich dem Pfänder, er solle der Frau beste Kuh aus dem Stall nehmen und sie nach Hause führen.

Als dieses geschehen war, lief mir das Weib bis in das Haus nach, machte mich ärger aus als einen Spitzbuben oder Beutelschneider und stieß alle bösen Flüche und Injurien über mich aus, ja so sehr, als es auch immer einem bösen Weibe in den Sinn kommen konnte, daß ich endlich gezwungen wurde, die böse Vettel mit einer Bastonade aus dem Hause zu treiben.

Im Weggehen rief sie noch zurück: ›Du sollst mir dieses nicht umsonst getan haben, du Bösewicht du.‹

Es verging aber keine Stunde, da kam das böse Weib wieder und brachte ihre Kontribution; worauf ich meinem Knecht befahl, er solle die Kuh aus dem Stall holen und ihr wieder verabfolgen lassen.

Als aber der Knecht kaum zur Tür hinaus war, da ich das Geld besehen wollte und mich etwas bückte, schlich die Hexe hinter mir her und bestrich mir den Nacken mit einer Salbe und sprach: ›Nu, gefällt Euch also das Geld?‹

Kaum hatte sie ausgeredet, da ward ich von Stund an zu einem großen schwarzen zottigen Pudel-Hund, und als ich nun vor Schrecken erstarrte und mich nicht gleich in die jähe Verwandlung schicken konnte, lief indessen die alte Hexe zur Tür hinaus und schlug dieselbe hinter sich zu.«

Diese kuriose Begebenheit habe ich nun dem günstigen Leser zu einer Vorrede mit ansetzen wollen.

Alsdann wird die eigentliche Beschreibung von dieses Hundes Aufführung, Diensten und Begebenheiten folgen, welche in unterschiedliche Klassen ordentlich eingeteilt sind.

Der geneigte Leser lasse sich dieses Büchlein bestens rekommandiert sein, er wird unterdessen darin sein bestes und vollkommenes Vergnügen finden.

Mich aber wolle derselbe in seiner Gunst jederzeit sein lassen.

Des geneigten Lesers

ergebenster

N. N.

Die I. Klasse

Handelt von dieses verwandelten Hunds übler Abfertigung, sowohl von seiner Liebsten als seines Knechtes.

Ich kann nicht wissen, wie mir dazumal eigentlich war, weil mich der Schrecken und die Verwunderung ganz außer mich selbst gebracht hatten.

Als ich mich endlich erholte, wurde ich gewahr, daß mir in der Verwandlung auch meine Kleider vom Leib gefallen waren, welche alsogleich auf der Stelle beisammen lagen, wo ich damals gestanden hatte, als mich die Hexe gesalbt hatte.

Ich sah mich zwar selber um und um, so viel ich konnte, erschrak aber über den Anblick meiner Glieder, an welchen nicht das geringste Menschliche mehr zu spüren noch zu sehen war.

Ob aber auch das Angesicht ganz und gar einem Hunde ähnlich war, dieses konnte ich so eigentlich nicht wissen; deshalb begab ich mich zu dem großen Spiegel, welcher an der Wand hing, und bemühte mich, in demselben zu bespiegeln, ob ich noch mein voriges Angesicht haben möchte.

Ich versuchte mich auf die hinteren Beine zu stellen, konnte aber damals noch nicht allein auf denselben stehen; aber die Neubegierigkeit trieb mich so weit, daß ich mich unterstand, auf die Bank zu springen; weil ich aber der Hunde Sprünge noch nicht gewohnt war, so fiel ich fein sauber auf meinen Hunds-Rücken wieder herab.

Deshalb aber ließ ich nicht nach, sondern bemühte mich so lang, bis ich auf die Bank kam.

Auf derselben stellte ich mich vor den Spiegel und betrachtete nicht ohne großen Schrecken mein Angesicht, welches sowohl als andere Glieder vollkommen hündisch aussah.

In dieser wunderseltsamen und lächerlichen Positur traf mich mein Knecht, der indessen von der Verrichtung und Wiedergebung der Kuh zurückkam, an.

Als ich ihn nun sah, wollte ich ihm mein Unglück klagen und zugleich bitten, daß er die Hexe wolle einziehen lassen; indessen vernahmen meine Ohren ein abscheuliches Hunde-Geheul, welches mich so sehr erschreckte, daß mir grün und gelb vor den Augen wurde.

Ich konnte aber nicht wissen, ob mein Knecht sich eingebildet hatte, ich würde ihn beißen, oder ob er sonst einen fremden Hund (für welchen er mich hielt) in der Stube nicht leiden wollte; denn er besann sich nicht lange, sondern erwischte einen Prügel, und prügelte mich anstatt des Trostes, den er mir (sofern er meine Begebenheit gewußt hätte) zusprechen hätte sollen, tapfer zur Tür hinaus; da fühlte ich mit größten Schmerzen die erste Frucht meiner Verwandlung, welche mir sehr schwer zu verdauen fiel.

Als ich aber über den Hof hinunterkam, begegnete mir meine Liebste zu Pferd, welche eben von einem Städtlein, darin sie in gewissen Verrichtungen gewesen war, wieder nach Hause kam; dieser wollte ich zum wenigsten mein Unglück mit Gebärden zu verstehen geben; sprang deswegen getrost an dem Pferde hinauf, ihr die Hände zu küssen.

Sie verstand aber meine hündische Freundlichkeit und mein Verlangen nicht, sondern ergrimmte vielmehr über meine Vermessenheit, und versetzte mir mit der Karbatsche einen solchen derben Streich, daß mir die Haare vom Fell flogen.

Es war aber dieses noch nicht genug, sondern das Pferd bequemte sich nach dem Willen seiner Frau und gab mir einen solchen Schlag, daß ich da hinfiel und alle viere von mir streckte.

Da ich mich nun wieder etwas aufgerichtet hatte, kroch ich auf allen vieren in einen Winkel und sah mich um. Als ich aber sah und fühlte, daß ich von all den Meinigen verlassen und horribel traktiert wurde, so resolvierte ich mich, mein auferlegtes Kreuz geduldig zu tragen, machte mich mit größtem Herzeleid aus meinem Hause hinaus, um irgendwo einen Herrn zu finden, von welchem ich meine Nahrung und Aufenthalt haben möchte.

Wer sonst war der Herr im Haus,

Selben peitscht man jetzt hinaus;
Als ein Hund wird er traktiert,
Auch elendig fortmarschiert.

Die II. Klasse

Enthält in sich des Hundes erste Wanderschaft.

Ich hatte tausenderlei Gedanken und Anschläge, ehe ich aus unserm Dorf nach einem andern laufen wollte.

Endlich fiel mir ein, ich sollte allerlei Hunde-Künste lernen und so üben, daß ich darin auch perfektioniert werden möchte; wodurch ich mich bei jedermann beliebt machen könnte.

Sobald mir dieses eingefallen war, sobald versuchte ich auf den hinteren Beinen zu gehen.

Obgleich es anfänglich nicht hat angehen wollen, so habe ich jedoch durch fleißige Übung solches dermaßen erlernt, daß ich nicht nur aufrecht gehen, sondern auch tanzen und andere Possen machen konnte.

Darauf lief ich nun aus unserm Dorf hinaus und kam spät auf den Abend in einem andern Dorf an, und weil ich in dem Wirts-Hause einzukehren einige Bedenken trug, so verkroch ich mich in einer Scheuer und schlief darin.

Des anderen Tages lief ich weiter und kam gegen Mittag wieder in ein anderes Dorf, allwo mich mein Magen des ihm billig gebührenden Tributs erinnerte. Ich wußte mir aber nicht zu helfen noch zu raten, wie ich denselben kontentieren möchte.

Ich hätte zwar den Bauern die Hühner erwürgen und auffressen können, zu diesem Traktament aber fehlte mir der Koch. Darum trieb mich der Hunger so weit, daß ich anfing, den Bauern die Küchen und Töpfe zu visitieren.

Als ich mich nun in das nächste Haus hineingeschlichen hatte, stellte ich mich in einen finsteren Winkel bei der Küchen-Tür, um zu hören, ob jemand in der Küche wäre.

Aus dem säuischen Schmatz merkte ich, daß Leute darin essen täten, da streckte ich meine Ohren aus, um zu vernehmen, was weiter passieren möchte; endlich vernahm ich diese Worte:

»Mutter, ich habe euch schon viele Male fragen wollen, und habe doch allezeit besorgt, ihr möchtet deswegen böse werden; doch kann ich's nicht länger anstehen lassen: Mein, sagt mir doch, warum eßt ihr immer so verstohlen und allein in der Küche?«

»Liebe Haduscha«, sagte die Mutter, »ich tue solches nicht ohne wichtige Ursachen: Denn erstlich, wenn ich mich in der Küche ziemlich gestopft habe, so esse ich hernach bei Tisch desto weniger, auf daß das Gesinde ein Exempel der Mäßigkeit habe und sich nicht befresse wie die Schweine; denn sie möchten krank davon werden: Wer würde uns hernach die Arbeit verrichten?

Zum anderen siehst und weißt du selber, wie karg und knauserig dein Vater ist; wenn er sehen sollte, daß ich eine so starke Mahlzeit täte, so würde er nur sitzen, von der Mäßigkeit predigen, und ich müßte täglich hören, daß ich ihn arm fresse; auch hörst du ja täglich von ihm, wie er dem Gesinde von dieser Tugend öfters predigt. Sollte er nun wissen, daß ich bisweilen so ein gutes Bißchen zu mir nehme, besorgte ich mich, er möchte eine viel schärfere Straf-Predigt halten als neulich der Herr Johannes, da ihm die Knechte den schönen Hasen vor dem Fenster weggestohlen hatten.

Zum dritten siehst du ja selber, wie genau der Junker auf uns achtgibt und wie wenig Gutes er uns gönnt. Der nichtsnutzige Bauernschinder hat ja erst kürzlich gesagt, delikate Speisen sind den Bauern gar ungesund. Weißt du denn nicht mehr, wie es unserm Schwager Hansen gegangen war, da er seine Kind-Taufe ausgerichtet und den Tisch mit sechs Essen besetzt hatte? Mußte er nicht deswegen sechs Taler Strafe geben? Und als er bat, der Junker möchte ihm doch etwas nachlassen, sagte der Junker: ›Kannst du deine Gevattern mit sechs Speisen traktieren, so kannst du mir auch sechs Taler geben. Ich als eure Obrigkeit könnte es nicht verantworten, wenn ich euch so in Wollust und in Fressen und Saufen leben ließe. Denn wenn der Mensch zuviel frißt und säuft, so wird er geil, und dann folgt Unzucht und Ehebruch darauf. Haltet euch dafür fein mäßig, ihr Bauern, und arbeitet fleißig, so könnt ihr auch der Obrigkeit zu rechter Zeit die Zinsen abführen.‹

Meine liebe Haduscha, wenn der Junker wüßte, daß ich so viele Hühner, Tauben, Kapaunen, Enten, Gänse, Eierkuchen, Kräpfel, Schnecken, Pfannkuchen und dergleichen Schnabel-Weide in meinen Magen schickte, ich müßte gewiß mehr Zins-Hühner geben. Ja, wenn wir den Zins und die Steuer nicht alsbald abführten, so sollte er wohl sprechen: ›Könnt ihr so stattlich leben und Hühner und Gänse fressen, so könnt ihr auch Zins und Steuer bezahlen.‹ Der Blaufuß denkt ohnedies, die Bauern können keine guten Bißlein vertragen. Ja, selbst Herr Johannes, wenn er's wüßte, würde mich bald aufbieten, da er doch nichts sagt und stummer als ein Hund ist, wenn die Edelleute miteinander Tag und Nacht fressen, saufen und speien.«

»Ja, Mutter«, sagte Haduscha, »der Junker bittet auch Herrn Johannes (das ist der Pfarrer) immer zu Gaste, und wenn der Pfarrherr nur dabei ist, so sind sie nicht üppig, sondern nur fröhlich im HERRN; Sie saufen sich nicht voll, sondern trinken sich nur ein christliches Räuschlein an; sie buhlen nicht mit dem Frauen-Volk, sondern küssen einander in Ehren, das kann ja niemand wehren.«

Das war der Diskurs der beiden Weibs-Personen, welcher vielleicht länger gewährt hätte, wenn nicht der Bauer gerufen haben würde: »Casha, gibst du noch nicht zu essen?«

Die Mutter spricht zu der Haduscha: »Geschwind, steck den Tiegel in den Ofen, denn der Vater ruft.«

»Wie ist's?« sagte der Bauer. »Wo steckst du denn?«

»Jetzt komm' ich gleich«, antwortet die Bauern-Frau, »tust du doch, als wenn du wolf-hungrig wärst; hab ich doch auch noch keinen Bissen gegessen, und mich hungert gleichwohl noch nicht.«

Und hiermit trugen die Bäuerin und ihre Tochter das Essen auf, welches ein großer Topf Wasser-Suppe und eine Schüssel voll Hafer-Brei war.

Nachdem sie beide aus der Küche waren, schlich ich hinein, visitierte den Tiegel in dem Ofen, so ich kaum in der Geschwindigkeit finden konnte, weil sie ihn hinter die Ziegelsteine gesetzt hatten.

In demselben fand ich noch ein halbes Huhn.

Weil ich nun nicht Zeit hatte, solches in der Küche zu verzehren, so faßte ich es ins Maul und wollte damit durchgehen.

Als ich aber bei der Stuben-Tür vorbeilief, kam die Bäuerin gleich heraus und wurde meines Diebstahls gewahr.

Zu meinem Unglück hatte sie ein Stück Holz in der Hand, mit welchem sie mich so willkommen hieß, daß ich laut zu jauchzen anfing und zugleich meine Beute fallenzulassen gezwungen wurde.

Auf diesen Tumult kam der Bauer auch heraus und fragte, wo der Hund das Huhn hergenommen habe?

»Was kann ich wissen«, sagte die Frau, »vielleicht hat er's aus des Junkers Küche gestohlen.«

»Ja, hat sich wohl«, sagte der Bauer. »Das Huhn ist ja noch ganz brenn-heiß. Ich hab's lang gedacht, du Bestie, du fräßest heimlich: Wart, ich will dich lehren Hühner fressen.«

Hiermit erwischte der Bauer einen Prügel und segnete damit der Frau das Essen, und zu jedem Schlag sagte er: »He, willst du noch mehr Hühner fressen? Willst du noch mehr Hühner fressen?«

Die Frau hingegen dankte ihm mit solchen Worten, welche der jetzigen Welt-Manier nach solche Weiber im Munde führen: Denn sie hieß ihn einen Mörder, einen Galgenvogel, Bettelhund, Läuse-knicker, Hurenhengst, Schnudelbutzen, eine Knupf-Nase, Saurüs-sel, einen Bärenhäuter, Teufels-Braten, Mordbrenner, Krücken-Reiter, Sau-Magen, Lumpen-Hund, und was ihr mehr dergleichen Ehren-Titel einfielen.

Nachdem ich dieses eine Weile mit ziemlicher Lust angesehen hatte, so besorgte ich mich, es möchte die Reihe auch noch einmal an mich kommen, ging deswegen weiter und ließ die beiden Leute hadern, so lange sie wollten.

Die III. Klasse

Erzählt die Umstände, auf welche Weise dieser Hund seinen ersten Herrn bekommen.

Wiewohl ich nun auf meiner ersten Fourage übel angekommen bin, so zwang mich doch der Hunger, es noch einmal zu wagen.

Ich ging deshalb in ein anderes Bauern-Haus, allwo die Bäuerin gerade erst gebacken und das Brot noch im Hause stehen hatte.

Ich hätte gerne eines davon angepackt, ich konnte es aber, weil es zu groß war, im Maule nicht fortbringen.

Daher nahm ich es zwischen meine vorderen Beine, richtete mich auf und ging so ehrbar (weil es schwer war) und prächtig damit zur Haus-Tür hinaus, als ob ich ein geborener Spanier gewesen wäre.

Und zu allem Glück reiste eben ein Edelmann diese Straße vorbei, dessen Diener erblickte mich.

Als er nun meines possierlichen Gangs gewahr wurde, hub er überlaut zu lachen an, daß der Edelmann bewogen wurde, sich auch umzuschauen und den Knecht zu befragen, was er Wunderliches vorhätte, daß er sich so zieren täte.

Der Knecht konnte aber vor Lachen nichts antworten, zeigte aber gleichwohl mit den Fingern auf mich, daß sein Junker meiner gewahr wurde und mit Lachen Gesellschaft leistete.

»Jörg«, sagte der Junker, »wenn du mir den possierlichen Hund zuwegebringen kannst, so gebe ich dir einen Taler Trink-Geld.«

Ich spitzte die Ohren ziemlich und dachte, das möchte wohl ein Herr für mich sein; zum wenigsten hätte ich so doch mein gewisses Essen und dürfte mich vor einigen Prügel-Suppen nicht so fürchten, als wenn ich die Bauern bestehlen müßte.

Als nun Jörg abgestiegen war und mich zu sich lockte, ging ich denn gravitätisch mit meinem Brot auf den Junker zu und reichte ihm das Brot mit solchen Gebärden, als ob ich hätte sagen wollen, er solle es von mir nehmen.

»Jörg«, sagte der Junker, »der arme Schelm ist gewiß hungrig, schneide ihm doch ein Stück Brot davon ab und gib's ihm.«

Jörg nahm das Brot von mir, schnitt ein gutes Stück davon ab und gab mir's.

Ich nahm es zwischen meine vorderen Füße, setzte mich auf die hinteren Beine und aß mit solchem Appetit, daß mein neuer Junker darüber heftig lachte, als ob er hätte zerspringen mögen.

Da ich ein wenig gefüttert war, ritt mein Junker wieder fort.

Jörg aber lockte mich, welches er nicht nötig hatte, weil ich ohnedies gerne mitlief.

Gegen Abend kamen wir auf des Junkers Schloß.

Als ich nun meinem neuen Herrn nachtrat, und wir in die Stube kamen, waren zwei Windhunde darin, die wischten unversehens über mich her und zausten mir das Fell ziemlich ab; hätten mich auch wohl gar erwürgt, wenn nicht mein Junker mit der Karbatsche zwischen uns Friede gemacht hätte.

Da erfuhr ich alsdann mit Schaden, wie es zu Hofe herzugehen pflegt, daß nämlich die alten Diener sich gemeiniglich bemühen, die neuen bald wieder auszubeißen, aus Sorge, sie möchten ihnen die Schuh' austreten.

Allein diesen Abend wurde nicht viel Wesens gemacht; mein Junker speiste ganz hurtig ab und verfügte sich zu Bette.

Ich bekam ein ziemliches Stück Fleisch und eingetunktes Brot zu essen, welches mir über alle Maßen wohl schmeckte.

Als der Junker schlafen war, jagte Jörg die andern Hunde aus der Stube und ließ mir dieselbige allein. Ich machte mein Logement und meine Lagerstatt unter dem Tisch; Jörg setzte sich hinter den Ofen.

Etwa eine halbe Stunde danach, nachdem mein Junker schlafen gegangen war und die anderen Diener sich auch in die Federn versteckt hatten, kam ein Frauen-Mensch in die Stube und brachte einen großen Krug Bier nebst einer Flasche mit Wein.

Jörg setzte sich mit ihr an den Tisch, und aß und trank mit ihr.

Kaum aber hatten sie zu essen angefangen, da kam noch eine andere, die brachte ein Stück Wildbret nebst einer Pastete; und diese war, wie ich hernach erfahren habe, die Köchin, jene aber die Schließerin.

Diese drei setzten sich zusammen, aßen und tranken, und löffelten eine ziemliche Zeit mit größter Herzens-Lust miteinander einiges herab, also daß ich mich verwunderte, wie sich die beiden Jungfern (es ist mit Gunst, daß ich sie so nenne) mit einem einzigen Kerl ohne Eifer so wohl behelfen konnten.

Der Durst trieb mich dahin, daß ich länger unter meinem Tisch nicht liegen konnte, darum stand ich auf und wartete unserem Jörg auf, der denn den Jungfern erzählte, in was für einem possierlichen Aufzug sie mich bekommen haben, worüber sie denn ziemlich lachten.

Als ich sah, daß ihnen das Ding wohlgefiel, stellte ich mich wieder auf die hinteren Beine, ging die Stube auf und ab; endlich fand ich einen Teller, den nahm ich und brachte ihn dem Jörg, welcher mir ein Stück Fleisch darauf legte, das ich alsbald verzehrte.

Indem mich aber der Durst noch mehr plagte, und ich sah, daß Jörg den Becher mit Wein auf die Bank gesetzt hatte, ging ich zu demselben, nahm ihn und goß ihn mit herzlicher Lust in meinen Magen; wiewohl ich wegen Ungeschicklichkeit meines Mauls ziemlich viel daneben goß.

Über dieses mein possierliches Wein-Saufen lachten die beiden Menschen so heftig, daß sie Jörg um GOTTES Willen bat, sie wollten sich doch ein wenig mäßigen, damit es nicht die gestrenge Frau oder der Junker hören möchte.

Als ich mich satt gesoffen hatte, legte ich mich wieder unter den Tisch und betrachtete, wie schändlich doch die Gesinde ihre Herrschaften bestehlen und sich davon lustig machen.

In welchen Gedanken ich endlich wieder einschlief und also nicht wissen kann, was Jörg mit seinen beiden Jungfern ferner gemacht hat oder wann sie schlafen gegangen sind.

Die IV. Klasse

Beschreibt des Hundes Künste und wie er von seinem Herrn der Spanier genannt wurde.

Des andern Tages kamen etliche Krippen-Reiter, die mein Herr trefflich gastierte.

Unter währender Mahlzeit erzählte er ihnen, wie er mich bekommen hatte.

Nach geendigter Erzählung sagte er zu seinem Knecht: »Höre, Jörg, versuche doch, was unser neuer Hund für Künste kann.«

Der Knecht antwortete: »Gestrenger Junker, was geben wir ihm denn für einen Namen?«

»Du kannst ihn den Spanier nennen, weil er so spanisch gehen kann.«

Dieses war also mein erster Name, seitdem ich ein Hund war.

Hierauf fing Jörg sein Exerzitium und Possen-Spiel mit mir zu machen an.

»Mein Spanier«, sagte er, »es ist nicht gut zu arbeiten, wenn man nicht vorher gefrühstückt hat; darum, weil ich weiß, daß du noch nüchtern bist, so nimm hier diesen Teller und laß dir vom Junker ein Stück Fleisch geben.«

Darauf nahm ich den Teller in das Maul und brachte ihn dem Junker, derselbe wollte den Teller mir abnehmen, ich aber drehte mich um und schüttelte mit meinem Kopf, worüber alle Anwesenden lachten. Ja, etliche schworen sogar, der Hund hätte Menschen-Verstand; und obwohl sie nicht falsch schworen, so war mir doch solches liederliche Schwören so zuwider, daß ich solche liederlichen Schwörer (meine Hunds-Person vor Eifer ganz vergessend) davon abmahnen wollte; weil ich wußte, daß sie das, was sie beschworen, doch selbst nicht glaubten.

Es wollten sich aber keine verständlichen Worte von mir hören lassen, wohl aber brach mir statt eines Hunde-Gebells dieses Wort ›Abraham, Abraham‹, oder so ähnlich heraus. Weil aber in der

Kompanie einer war, der Abraham hieß, so verursachte mein Gebell abermals ein großes Gelächter.

Mein Junker sagte:»Junker Abraham, Ihr müßt meinen Spanier vormals schon gekannt haben, weil er Euren Namen so schön aussprechen kann.«

»Ei wohl«, antwortete Junker Abraham, »das ist ein ganz seltsamer Hund, und ich weiß nicht, wie er mir vorkommt.«

Mein Herr sagte:»Komm Spanier, belle noch einmal«; worauf ich wiederum zu bellen anfing ›Abraham, Abraham‹. Welches abermals ein ziemliches Gelächter verursachte.

Junker Abraham wurde darüber ganz rot, und so habe ich gänzlich geglaubt, daß er durch mein Bellen bewegt worden sei, keinen Fluch mehr von sich hören zu lassen.

Hierauf gab mir mein Herr ein Stück Fleisch auf meinen Teller und sagte:»Geh, mein Spanier, friß erstlich, hernach mach dich fein lustig.«

Ich nahm mein Stück Fleisch und aß es in eben solcher Positur, als ich den vorigen Tag das Stück Brot gegessen hatte.

Da ich fertig war, sagte der Knecht:»Hast du nun gegessen, mein Spanier, so mußt du auch trinken.« Er nahm hiermit einen Becher Wein und sagte zu mir:»Es gilt, Spanier, in Gesundheit unserer Käse-Mutter.«

Ich aber schüttelte den Kopf und kroch unter den Tisch.

»Komm, komm«, sagte der Knecht. »Es gilt in Gesundheit des türkischen Kaisers.«

Ich aber blieb unter dem Tisch liegen.

»In Gesundheit deines gestrengen Junkers«, fuhr der Knecht fort.

Auf dieses kam ich hervor, stellte mich auf die hinteren Beine und machte eine artige Reverenz mit Ausstreichung des rechten Fußes.

Der Knecht trank den Becher Wein aus und schenkte ihn wieder voll ein.

Der Junker aber fragte den Knecht:»Jörg, für wen soll dieser Wein sein?«

»Für den Hund«, antwortete der Knecht.

Der Junker sprach: »Wo hast du deinen Lebtag gehört, daß die Hunde Wein saufen, denn er ist ihnen von Natur zuwider?«

»Da lassen Euer Gestreng mich vorsorgen.« Jörg nahm den Becher und gab ihn mir, welchen ich mit meinen vorderen Beinen nahm und so gut, als es mir möglich war, in den Hals hinein goß; worüber sich alle Edelleute höchstens verwunderten.

Hierauf kam einer mit einem Hackbrett, und zwei mit Geigen in die Stube; da sagte Jörg zu mir: »Spanier, kannst du auch tanzen?«

Ich aber legte mich nieder und streckte alle viere von mir.

»Halt«, sagte mein Knecht, »der Spanier wird gewiß die Komödie von der faulen Magd agieren wollen.«

»Holla, Magd«, sagte er, »steh auf, es ist schon drei Uhr. Hörst du nicht, du sollst die Kühe melken? Der Hirte wird bald blasen.«

Ich hob den Steiß in die Höhe, dehnte und drehte mich um, blieb aber doch unbeweglich wieder liegen; worüber abermals die Kompanie zu lachen anfing.

»Magd«, schrie Jörg ferner, »steh auf, der Hirte bläst; du faule Mähre, willst du denn nicht aufstehen?«

Ich aber machte es eben wieder so wie vorher.

»Hörst du, Magd«, fuhr Jörg fort, »steh auf, die Freier kommen und bringen Spiel-Leute mit. Hörst du nicht, wie sie aufspielen? Komm geschwind, laß uns tanzen.«

Hierauf sprang ich jählings auf, tanzte mit meinem Jörg herum und machte nach dem Tanz, den die Spiel-Leute geigten, so krumme Sprünge, daß die Zuschauer Maul und Nasen aufsperrten und nicht wenig darüber lachten.

Nach vollbrachtem Tanz bekam ich wieder ein Stück Fleisch, das ich mit Lust verzehrte.

Als ich in aller Andacht saß und aß, fing ein Edelmann an und sagte: »Dieser Hund muß einen guten Lehrmeister gehabt haben, weil er so treffliche Künste kann.«

»Zweifelsohne«, sagte ein anderer, »und vielleicht mag derselbe wohl mehr Fleiß und Mühe angewendet haben, diesen Hund abzurichten, als mancher Präzeptor, seine anvertraute Jugend in freien Künsten und guten Sitten zu informieren. Es ist wahrlich zu beklagen, daß solche Kerls manchmal so nachlässig sind und öfters ihr Brot mit Sünden fressen und das Gold den Leuten abstehlen. Mein Herr Vetter hat seinem Sohn schon fünf Jahre einen Präzeptor gehalten, es bleibt aber derselbe allezeit ein Hans und kann mit Mühe und Arbeit Adjektivum und Substantivum zusammensetzen.«

Mein Junker hätte gerne weiterdiskutiert, aber die Edelleute hörten nicht gerne von solcher Materie reden, sondern riefen den Spiel-Leuten zu, sie sollten eins aufspielen; welches auch geschah.

Sie aber fingen an zu saufen, und nachdem der Wein zu operieren anfing, so fingen sie auch an zu zanken, zu schreien, zu poltern und zu fluchen, daß sich hätte der Himmel auftun mögen; bis sich endlich ihrer zwei bei den Haaren kriegten und die Gläser einander in die Augen stießen.

Mein Herr wollte Schiedsmann sein, bekam aber auch etliche Stöße davon.

Ich aber mochte diese Unhöflichkeit nicht ungerächt lassen, biß deswegen demjenigen, welcher meinen Herrn geschlagen hatte, ziemlich in das Bein, dessen Diener aber ergriff die Karbatsche und gab mir etliche Streiche damit über den Rücken, daß ich mich eilends unter den Bei-Tisch retirieren mußte.

Wiewohl es mich heftig verdroß, daß meine Tugend und guten Dienste so häßlich bestraft wurden, da man hingegen die Laster zu belohnen pflegt, so mußte ich doch zufrieden sein.

Dieser Tumult währte wohl eine halbe Stunde, und es war endlich keiner mehr neutral, weil die Neutralisten fast die meisten Schläge davontragen mußten. Es war noch gut, daß mein Herr am Anfang dieser Schlägerei die Säbel sogleich in die Stuben-Kammer geworfen hatte; sonst hätte diese Gasterei ein Blut-Bad werden mögen.

Die stärkste Partei warf endlich etliche zur Tür hinaus, und weil sie noch nicht satt waren, gar die Treppe hinunter.

Diese gingen in das Dorf ins Wirts-Haus und schickten einen Diener, dem doch der Säbel von meines Junkers Diener auch genommen war, ins Schloß, ließen meinen Junker bitten, er wolle ihnen doch ihr Gewehr und ihre Pferde folgen lassen; welches mein Junker auch geschehen ließ. Jedoch, nachdem das Gewehr und die Pferde hinaus waren, ließ er die Brücke vor dem Schloß aufziehen.

Als die Edelleute in dem Wirts-Haus ihre Gewehre und Pferde bekommen hatten, kamen sie wieder vor das Schloß geritten und forderten die anderen, die noch im Schlosse waren, mit vielen Schelt-Worten heraus.

Mein Junker aber ließ sie durch unsern Jörg bitten, sie wollten sich doch zur Ruhe begeben, und sofern sie beim einen oder andern was zu suchen hätten, sollten sie es am nüchternen Morgen tun. Würden sie ihm dieses zu Willen tun, so wolle er sie als Gäste traktieren, würden sie aber nicht nachlassen, sondern in ihrer Raserei fortfahren, wolle er entschuldigt sein, wenn der eine oder andere etwas schändlich zu kurz kommen möchte.

Durch diese Worte wurden sie endlich besänftigt, daß sie wieder in das Wirts-Haus ritten und die Pferde allda einstellten, kamen aber alsbald zu Fuß wieder vor das Schloß, baten meinen Junker mit größtem Versprechen, daß, wenn er sie würde hineinlassen, sie Friede halten und keine Unruhe anfangen wollten, sofern nur die andere Partei auch stillsitzen würde. Sollten selbige aber nicht Friede halten, so baten sie, mein Junker wolle selbige Partei auch aus dem Schlosse schaffen.

Hierauf handelte mein Herr mit denen im Schloß so weit, daß sie diesen Tag der Händel nicht mehr zu gedenken versprachen. Worauf er sich, begleitet von sechs Dienern (worunter ich mich mitzählte), aus dem Schlosse zur anderen Partei begab, und mit dieser Partei auch Friede oder vielmehr einen Stillstand auf vierzehn Stunden lang machte. Gleich darauf gingen sie alle wieder in das Schloß, die Pferde wurden auch wieder geholt.

Als sie sich nun wieder niedergesetzt hatten, fragte mein Herr nach der Ursache dieses entstandenen Tumults; da kam es heraus, daß sie sich einer Lüge halber geschlagen hatten. Denn der Junker Vladislaus hatte erzählt, wie er einmal einen Karpfen auf einem Baum geschossen habe, und das hatte Junker Michael nicht glauben wollen.

Junker Vladislaus wollte gleichwohl nicht dafür angesehen sein, als ob er gelogen hätte, forderte deswegen seinen Knecht und sagte: »Du, Hanenko, ist's nicht wahr, daß ich den Karpfen von dem Baum heruntergeschossen habe?«

»Ja, freilich«, sagte Hanenko, »es ist wahr. Denn als wir vor einem Jahr auf unsere Wiesen gingen, saß ein Raub-Vogel auf einem Baum und hatte einen Karpfen in seinen Klauen. Als nun der Junker solchen sah, schlich er hinzu und schoß nach dem Vogel, traf aber den Karpfen; wovon der Vogel erschrocken und davongeflogen ist und den Karpfen fallen lassen hat.«

Solches aber wollte Junker Michael doch noch nicht glauben, sondern fragte immer weiter, was es denn für ein Vogel gewesen sei? Woher er den Karpfen bekommen habe? Und wie groß der Karpfen eigentlich gewesen sei? Und was dergleichen mehr; also daß ich gänzlich geglaubt hätte, es hätte wieder Ohrfeigen geregnet, sofern sie mein Herr nicht ihres Versprechens nachdrücklich erinnert hätte.

Weil sie aber das Stochern nicht sein ließen, also befahl mein Junker dem Jörg, er solle doch versuchen, was ich (als der Spanier) für saubere Künste mehr könnte; damit nur die Kompanie ihres unfriedlichen Schwätzens ein Ende machen möchte.

Die V. Klasse

Erzählt die artigen Kunst-Stücke, so dieser Spanier oder verwandelte Hund seinem Herrn präsentiert hatte.

Hierauf nahm Jörg einen starken Prügel, kam zu mir, da ich eben bei der Stuben-Tür unter einem Tisch lag, und sagte: »Spanier, komm vor, du mußt Schildwacht halten, geh, komm, es hat geschlagen«, und hob mich zugleich vorne in die Höhe.

Weil ich mich aber hierzu etwas ungeschickt stellte, gab er mir eine derbe Ohrfeige. Darauf nahm ich den Prügel in die linke Tatze, so gut ich konnte, und mit der rechten schlug ich unversehens meinen Jörg ins Angesicht. Worüber die Edelleute so heftig lachten, daß sie darüber ihr Zanken gar vergaßen.

Jörg aber dachte, er wollte mir wieder einen Possen machen; nahm deshalb eine Tabaks-Pfeife, sagend: »Spanier, ein Musketier muß auch Tabak rauchen.« Gab mir also die Tabaks-Pfeife ins Maul, die ich zwischen den Zähnen festhielt.

Hierauf ging er hinaus, füllte draußen eine andere, zündete sie an und brachte solche hinein, nahm mir meine leere und gab mir die voll eingefüllte brennende ins Maul, vermeinend, der Tabaks-Rauch würde mir zuwider sein.

Ich aber stand mit meinem Prügel so mannhaft und schmauchte die Pfeife so tapfer aus, als wenn ich ein rechter Musketier gewesen wäre. Über welcher Positur die Edelleute vor Lachen zerspringen wollten.

Als die Pfeife aus war, ließ ich sie fallen, daß sie entzweibrach.

Jörg sagte: »Ei, Spanier, du bist ein grober Gesell, warum zerbrichst du die Pfeife?«

Hiermit gab er mir wieder eine Ohrfeige, und weil er sich besorgte, ich möchte ihm wieder eine versetzen, also wollte er mir entlaufen.

Ich aber lief ihm zwischen die Beine, daß er über mich stolperte und wie ein Ochs daniederfiel. Hierauf sprang ich auf ihn und schlug mit beiden Pfoten nach seinem Gesicht, vor welches er die

Arme hielt, aus Sorge, ich möchte ihn hineinkratzen; endlich wälzte er sich auf die Seite herum und stand ganz vorsichtig wiederum auf. Über welche wunderliche Schlägerei ein großes Gelächter geschah.

Mithin reichte mir Jörg die Hand und sagte: »Nun, mein Spanier, vertragen, vertragen, ich bin gut, sei du auch wieder gut.« Darauf gab ich ihm meine Tatze und lief, weil mich sehr dürstete, in der Hoffnung hurtig unter den Tisch, daß ich auf solche Weise bald was zu trinken bekommen würde, welches auch gar schön anging. Denn Jörg hätte mich gerne hervorgehabt, aber ich kam nicht, er mochte so gute Worte geben als er wollte.

Als der Junker sah, daß ich nicht hervorkommen wollte, befahl er dem Jörg, er solle mir wieder eine Gesundheit zutrinken.

Jörg tat solches wie vorher, trank allerlei Gesundheit, aber alle diese achtete ich nicht, als er aber auf meines Junkers Gesundheit trank, kam ich hervor und legte meine Schuldigkeit mit Lust ab.

Hiermit wurde das Abend-Essen aufgetragen, und weil ich die Edelleute so stattlich belustigt hatte, so belustigten sie mich wieder mit manchen guten Leckerbißlein.

Es war auch nicht einer, der mir nicht auf Gesundheit zutrank, welchen ich auch (jedoch aus einem besonderen Becher) redlich Bescheid tat, also daß ich endlich einen ziemlichen Rausch bekam.

Mein Jörg aber machte noch unterschiedliche Possen mit mir, die ich nicht alle erzählen mag, außer einem artigen Streich, den ich nicht verschweigen kann. Denn Jörg wollte versuchen, ob ich ihm auch den Hut abnehmen würde, sagte deswegen: »Pfui, Spanier, wie warm ist mir.« Weil ich aber vordem dergleichen Hunde-Künste öfters gesehen hatte, also nahm ich ihm den Hut mit sonderlicher Manier ab.

Es stand aber eben ein grober Bauern-Knecht dabei, der hatte, als ein anderer Flegel, den Hut auf dem Kopf, diesem sprang ich unversehener Weise auf den Hals, erwischte den Hut und warf zugleich den groben Schelm zu Boden, nahm ihm den Hut und brachte denselben meinem Junker, welches ein grausames Gelächter verursachte.

Ja, Junker Abraham sagte: »So wahr, als ich ein Kavalier bin, der Hund hat nicht nur Menschen-Verstand, sondern er ist auch klüger als solche groben Bauern-Flegel. Wenn ich dergleichen Hund bekommen könnte, ich wollte gleich 20 Taler dafür geben.«

Als ich nun meine hündischen Künste genugsam hatte sehen lassen, legte ich mich in einen Winkel und schlief so sanft ein, daß ich auch das Balgen der Edelleute, welches den Morgen danach vor sich ging, verschlafen habe.

Ich kann also von diesem Akt weiter nichts berichten, als daß ich unterschiedliche von dem Feldscher habe verbinden sehen.

Mir mißfielen heftig die grausamen Torheiten der Menschen, daß sie sich einer liederlichen Sache halber so zersetzen lassen.

Doch bekümmerte ich mich nicht lang um solche Phantasten, sondern dachte: Wer nicht auf ganzer Haut schlafen will, der mag auf einer zerfetzten wachen.

Die VI. Klasse

*Zeigt an, wie fälschlich und übel der Spanier von dem Jörg und der Köchin
bei dem Junker angegeben und endlich gar verjagt worden ist.*

Den folgenden Tag ritt mein Junker mit den andern Edelleuten
über Land, und weil er sich besorgte, er möchte um seinen kurzwei-
ligen Hund kommen, so ließ er mich zuhause und befahl dem Jörg,
er solle wohl auf mich achtgeben, damit ich nicht verloren ginge,
auch mich fleißig und täglich in den Künsten üben, auf daß ich
nichts vergessen möge.

Anbei befahl er ausdrücklich dem Jörg: »Gib dem Spanier täglich
zwei Becher Wein zu trinken, damit er ja diesen Trank nicht vergessen möge.« Jörg nahm alles fleißig in acht, außer daß er den Wein
allezeit selbst aussoff, mir aber dagegen Wasser gab.

Als ich nun diese Händel wohl beobachtete, wurde ich gewahr,
daß Jörg, die Köchin und die Schließerin fast alle Abende ihre Zu-
sammenkunft hielten und sich von den ihren Herren abgestohlenen
Viktualien lustig machten; was sie aber sonst für unzüchtige Possen
dabei angegeben haben, will ich (damit züchtige Ohren nicht geär-
gert werden) verschweigen.

Einmal, da mein Herr schon wieder nach Hause gekommen war,
schlachtete die Köchin eine Gans und beredete hernach die Frau,
die Gans wäre gestorben. Sie aber fraßen dieselbige in aller Herr-
lichkeit auf. Wenn sie ein Huhn heimlich verzehrten, so sagte die
Köchin zu der Frau, es sei ein Huhn aufgefangen oder weggestohlen worden.

Da wurde deshalb mancher unschuldige Bauer in Verdacht gezo-
gen.

Auf eine andere Zeit mußte abermals eine unschuldige Gans her-
halten, welcher die Köchin unterschiedliche Löcher in den Hals
gestochen hatte, und also brachte sie die arme Gans noch halb le-
bendig vor die Frau, sagend: Der Fuchs hätte die Gans wollen weg-
tragen, der Jörg aber hätte sie ihm wieder abgejagt; fragte auch zugleich, was sie damit machen solle? Die gestrenge Frau antwortete,
sie solle sie wegschmeißen. Die Köchin aber richtete sie heimlich zu,

und so wurde solche noch selbigen Abend bei dem Torwärter verzehrt, wozu die Schließerin den Trunk spendierte.

Einmal verzehrten sie auch bei dem Torwärter, der stattlich mit fraß und soff und sich gerne das Maul mit Wein und guter Speise stopfen ließ, einen stattlichen Hasen, wovon ich auch ein Stück zu essen bekam. Als der Hase gefressen war, fragte der Torwärter, wo die Köchin diesen schönen Hasen herbekommen habe?

»Wo soll ich ihn hergekriegt haben«, antwortete sie, »aus der Küche habe ich ihn her.«

»Wird es denn«, sagte der Torwärter, »der Junker nicht gewahr, wenn ein solcher schöner Hase wegkommen tut?«

»Und wenn er es gleich gewahr wird«, sagte die Köchin, »so spreche ich: ›Der schelmische Hund, der Spanier hat ihn gefressen‹, und eben deswegen habe ich dem Hund ein Stück davon gegeben, damit ich schwören kann, daß ich's mit meinen Augen gesehen hab', wie er das Stück vom Hasen gefressen hat.« Daher denn zu vermuten sei, daß er das übrige auch verschluckt habe.

Ich spitzte darüber die Ohren und besorgte mich, es möchte wohl nicht köstlich für mich ablaufen, weil ich armer unschuldiger Hund mich nicht verantworten konnte. Was sollte ich aber machen? Ich mußte doch erwarten, wie es mir armem Schelm ergehen würde.

Den folgenden Tag kam Jörg zum Junker und sagte: »Gestrenger Herr, unser Spanier hat sich heute gar übel verhalten.«

»Wieso?« fragte der Junker.

Jörg antwortete: »Er hat den schönen Hasen aus der Küche gestohlen und gefressen, den Euer Gestreng vorgestern gehetzt haben; die arme Köchin will fast verzweifeln, sie weint, daß eine Träne die andere schlägt, und rauft sich vor Leid die Haare schier alle aus.«

Der Junker war zwar sehr zornig und schalt grausam über mich; allein, weil er mich gar sehr lieb hatte, so schenkte er mir dieses Mal die Strafe.

Er verwarnte aber die Köchin, sie solle ein andermal auf dasjenige, das ihr anvertraut wäre, besser achtgeben: Denn vernaschte

Hunde machten gute Wirtinnen und lehrten sie, die Speise fein einschließen.

Diese Verwarnung aber half wenig, weil nicht ich, sondern zweibeinige Hunde die Speisen stahlen. Denn es vergingen keine acht Tage, da wurde eine Fasan-Henne gestohlen, wovon ich aber nichts wußte.

Jörg kam zu mir, brachte einen Flügel mit den Federn, die man zur Zierde an die gebratene Henne zu stecken pflegt, warf mir denselben vor und machte allerhand Schnacken und Kurzweil mit mir; endlich ließ er mich mit gedachtem Flügel alleine spielen.

Soviel ich aber hernach erfuhr, so war die Köchin indessen zum Junker gegangen und hatte mich heftig bei ihm angeklagt, als ob ich die Fasan-Henne gefressen hätte. Worauf der Junker und die Köchin eilends gegangen kamen und mich eben noch antrafen, wie ich den Flügel von der Fasan-Henne im Maul hatte und damit spielte.

Alsbald fing die Köchin mit weinendem Geschrei an: »Da sehen Euer Gestreng, daß der Spanier noch den Flügel der gefressenen Fasan-Henne mit sich schleppt.«

Welche Worte mich so heftig erschreckt haben, als wenn mich ein Blitz getroffen hätte, weil ich mir nichts anderes einbilden konnte, als daß es darauf einschlagen würde.

Der Junker aber antwortete: »Hab' ich dir nicht gesagt, du heillose Dirne, du solltest die dir anvertrauten Sachen fleißig einschließen?«

»Ja«, sagte die Köchin, »Gestrenger Herr, die Henne war freilich in den Speise-Behälter eingeschlossen gewesen, allein der Spanier kann so künstlich mit der Dieberei umgehen, daß ich geglaubt hätte, es müßte dieses Huhn ein zweibeiniger Dieb gestohlen haben, und so weiß ich fast nichts mehr vor ihm sicher zu behalten.«

Diese verlogenen Worte reizten meinen Herrn dermaßen, daß er mich wie ein unsinniger Mensch überfiel und mir solche entsetzlichen Streiche mit der Karbatsche versetzte, daß ich gezwungen wurde, durchzugehen; er aber verfolgte mich so hart, daß er auch mit Prügeln, Steinen, und was er sonst im Zorn anderes erwischen konnte, hinter mir auf meinen Buckel zuwarf, daß ich vor Angst nicht wußte, wo ich geschwind hinkriechen sollte.

Diese üble und unschuldige Traktation verdroß mich so sehr, daß ich mir fest vornahm, gar davonzulaufen.

Deswegen marschierte ich zum Tor, welches eben zu allem Glück offen stand, hinaus und auf den nächsten Wald zu.

Als mein Junker solches sah, rief er seinen Knecht, den Jörg, und befahl ihm, sich eilends auf das Pferd zu setzen und dem Spanier nachzujagen, und wo möglich ihn wieder zurückzubringen; wenn er aber nicht mitgehen wolle, so solle er ihn alsbald totschießen, auf daß er keinem andern zuteil werden möchte.

Dieses Schreien machte mir gleichsam Flügel an die Füße, also daß ich fast stärker lief, als mir möglich war.

Ich war zwar noch nicht lange gelaufen, da sah ich schon den Jörg hinter mir her rennen, eine Pistole in der rechten Hand haltend.

Es war mir aber gut, daß ich schon hart am Wald war.

Als nun Jörg sah, daß ich in den Wald entlaufen wollte, schoß er mit der Pistole hinter mir drein.

Weil er aber noch gar weit von mir war, so konnte er mir damit keinen Schaden zufügen, sondern schoß noch weit hinter mir in die Erde hinein; ich aber nahm darauf den Wald ein, welcher mich vor meines Verfolgers Augen verbarg.

Dieses war also der Lohn, den ich für meine treuen Dienste empfangen habe.

Die VII. Klasse

Zeigt an, wie der Spanier einem Seil-Tänzer sein Leben erhalten hat, von demselben aufgenommen und von ihm Rozum genannt worden ist.

Diese meine üble Abfertigung verdroß mich nicht wenig, ich mußte aber gleichwohl daran denken, daß es in der Welt nicht anders hergehe. Es heißt:

> Wer treulich dient und sich wohl hält.
> Der hat viel Neider in der Welt.
> Hier hat's das bös Gesind' getan,
> Bis es mich hat gebracht davon.

Darum ich mich wohl zu erinnern wußte, daß ich vordem nicht einmal gesehen hatte, wie hoch die Fuchsschwänzer und Verleumder gehalten werden, und wie schimpflich öfters getreue aufrichtige Diener belohnt worden sind.

In diesen und dergleichen Gedanken wanderte ich immer durch den Wald, bis ich endlich an einen sehr dicken Busch kam, in welchem ich etwas rauschen hörte; weil ich aber befürchtete, es möchte ein Bär oder Wolf darin stecken, schlich ich fein sachte vorbei, um nicht vermerkt zu werden.

Im Vorbeigehen aber hörte ich eine Menschen-Stimme, welche mir ganz groß und grausam vorkam, daß ich mir alsbald einbildete, es müßten unfehlbar Räuber dahinter stecken, welches auch in der Tat sich also befand, denn es steckten eben zwei solche Diebe darin.

Deswegen stand ich still, um zu vernehmen, was für Leute es wären, und hörte, wie einer zu dem andern sagte:»Mich wundert, daß der Seil-Tänzer so lange ausbleibt.«

»Laß dich nicht verlangen«, sagte der andere, »er wird wohl noch kommen, seine dürren Kracken können so geschwind nicht fortkommen, als du wohl vermeinen möchtest. Halte nur deine Teschinke oder Büchse fertig, fasse ihn recht, daß er nicht mehr weit laufen kann. Meine Büchse aber will ich zur Reserve halten. Wenn er nur selbst recht getroffen würde, daß er fallen muß, so wird das andere unbewehrte Lumpen-Gesindel gewiß bald ausreißen; ich glaube fest, wir werden eine gute Beute erschnappen, weil ich selbst gesehen habe, was der Kerl für Geld eingenommen hat.«

Als sie dieses und dergleichen noch mehr redeten, hörte man von ferne einen Wagen kommen.

»Ins Gewehr«, sagte der eine Strauchhahn, »die Beute kommt gefahren.«

Ich stellte mich allernächst an sie, hinter einen großen Baum, begierig zu sehen, was endlich hieraus werden wollte, und entschloß mich, den Mord, wo möglich, zu hindern.

Indessen kam der Seil-Tänzer vor seinem Wagen hergegangen, auf seiner Achsel hatte er eine Büchse, und an der Seite einen Säbel.

Als er fast an das dicke Gebüsch kam, schlug der Mörder an, willens, dem armen Seil-Tänzer seinen Rest zu geben.

Ich aber sprang dem Strauchhahn auf den Hals mit einem grausamen Geschrei.

Ich kann nicht wissen, ob mein grimmiger Anfall oder des Räubers Schrecken oder beides zugleich verursacht hat, daß die Büchse zu zeitig und also ohne des Seil-Tänzers Schaden losgegangen ist.

Gewiß ist es, daß hierdurch der Seil-Tänzer unbeschädigt gewarnt worden ist; der sich denn bald hinter seinen Wagen retiriert und sein Gewehr fertiggemacht hat.

Der andere Strauchhahn aber, obwohl er über meinen unvermuteten Anfall sehr erschrocken war, nichtsdestoweniger ergriff er seinen Säbel, willens, mir eines damit zu versetzen.

Weil ich mir aber dieses vorher schon eingebildet hatte, erwischte ich ihn jählings, nachdem ich seinem Gesellen ein paar gute Löcher gebissen und ihm also zu einem ferneren Anfall ziemlich feige gemacht hatte.

Dennoch liefen sie auf den Wagen zu, der Verwundete zwar nur mit blankem Säbel, der andere aber mit seiner fertigen Büchse, diesen verfolgte ich und ergriff ihn beim Bein, daß er mitsamt der Büchse über und über fiel.

Durch welchen Fall des Seil-Tänzers Diener Mut faßte, dem Mörder die Büchse nahm und ihm selbige an den Kopf schlug.

Im Augenblick aber war der Schelm wieder auf den Beinen, und weil er sah, daß sie übermannt waren, ging er wieder zum Busch.

Sein verwundeter Gesell, als er dieses gewahr wurde, folgte bald nach.

Und ich verwunderte mich sehr, daß ihm der Seil-Tänzer nicht eine Kugel geschenkt hat, wie er es wohl hätte tun können. Ob ihn der Schrecken davon abgehalten oder ob er sich besorgt hat, es möchten ihn nach Lösung seiner Büchse noch mehr überfallen, daß er also solche zur höchsten Not hat sparen wollen, kann ich so eigentlich nicht wissen.

Als sie nun dieser augenscheinlichen Gefahr entgangen waren, packten sie des Seil-Tänzers Weib und Kinder in höchster Eil' auf den Wagen und jagten so geschwind durch den Wald, daß ich dachte, die Pferde würden sich zu Tode laufen.

Der Seil-Tänzer selbst und sein Pickelhering rannten auf ihrer Mutter Füllen dem Wagen in vollem Sporenstreich nach, und unsere Hunds-Person mit ihnen, bis wir ungefähr nach einer halben Stunde aus dem Wald kamen.

Da wir nun aus dem Wald waren, überlegten sie erst ihre überstandene Gefahr, da denn der Pickelhering, als er mich hinter ihm herzotteln sah, seinem Herr erzählte, daß ich allein ihnen aus so augenscheinlicher Lebens-Gefahr geholfen hatte.

Sein Herr aber wollte diesem keinen Glauben schenken, sondern sagte: »Der Hund gehört ohne Zweifel den Räubern zu, und weil er hier ist, werden seine Herren gewiß auch nicht gar weit mehr sein. Du, Kutscher, fahr wacker zu, damit uns die Schelme nicht vielleicht auch hier im freien Feld angreifen.«

Pickelhering beschwor seine Erzählung, so sehr er immer konnte. Der Seil-Tänzer aber hielt ihm noch immer Obstatt.

Als wir nun nicht mehr weit von einer Stadt waren, befahl der Seil-Tänzer, der Kutscher solle die Pferde ein wenig verschnaufen lassen.

Sie selbst setzten sich auf einen großen Stein, so an dem Wege lag. Ich aber lagerte mich nicht weit von ihnen, um ihre Rede zu vernehmen.

Als sie nun saßen und etwas ausruhten, fingen sie wieder an, von ihrer Gefahr zu reden.

Greger (so hieß der Pickelhering) rühmte mich abermals und rekommandierte mich seinem Herrn, bat zugleich, er wolle doch einen solchen stattlichen Hund nicht von sich lassen.

Der Seil-Tänzer aber sagte, was er mit einem so großen Hunde tun solle, er würde ihm so viel fressen als ein Kerl. Dazu wäre es ein ungewisses und gefährliches Ding, sich in dergleichen Räuber-Gefahr auf einen Hund zu verlassen.

Als ich diese abscheuliche Undankbarkeit vernahm, kam mir solches recht schmerzlich vor, und ich wäre auch aus großem Verdruß gewiß durchgegangen, wenn mich der Hunger und die Hoffnung nicht zurückgehalten hätten.

›O Schelm‹, dachte ich, ›sollte ich nicht verdient haben, von dir notdürftig unterhalten zu werden, da ich dir doch dein Leben erhalten habe?‹

> Der Undank ist ein böses Tier;
> Viel Schädliches quillt da hervor:
> Denn anstatt des verdienten Lohns,
> Trägt man oft Schand' und Spott davon.

Endlich gab mir der Hunger ein, ich sollte wieder meine Künste gebrauchen, weil ich mich erinnerte, daß ich vordem in der Schule gelernt habe, die Kunst findet allenthalben Nahrung.

Daher stellte ich mich auf die hinteren Beine, fing an zu tanzen und allerhand wunderbare Posituren zu machen.

Worüber des Seil-Tänzers Gesindel sich sehr verwunderte und zugleich beschloß, weil ich ihnen zu ihren Spielen als eine Person dienen könnte, mich zu behalten.

Gleich darauf versuchte der Seil-Tänzer allerhand Hunds-Exerzitien mit mir, die er etwa vordem mochte gesehen oder gehört haben, in welchen ich ihm so geschickt zu sein bedünkte, daß er

sagte: »Ich hätte es nimmermehr vermeint, daß in einem Hund solche Geschicklichkeit hätte können gefunden werden; daher ist mir
der Hund so lieb als ein Kerl, der noch so wohl agieren kann.«

Nach gehaltener Ruhe marschierten wir vollends in die Stadt hinein; unterwegs aber gaben sie mir den Namen Rozum, weil sie mich
fast vernünftiger als einen Menschen zu sein schätzten.

Die VIII. Klasse

Erzählt, wie der Rozum dem Seil-Tänzer agieren hilft und endlich wegen
ein paar Hühnern jämmerlich und elend abgefertigt worden ist.

Sobald wir nun unsere hungrigen Mägen in der Stadt befriedigt
hatten, habe ich einen ziemlichen Durst bei mir empfunden; weil
mir aber mein Herr nichts Rechtes zu trinken gab, so erwischte ich
eine ziemliche Kanne voll Bier, und habe solche unter dem Lachen
der Umstehenden rein ausgesoffen.

Mein neuer Herr aber verfügte sich zu dem Herrn Bürgermeister
und erlangte da um gebührenden Zins, sich des Rathauses am folgenden Sonntag zu bedienen, sowohl die Leute mit seinem künstli-
chen Seil-Tanzen, Taschenspielen und Komödien-Agieren zu belus-
tigen, als ihnen das Geld aus ihren Beuteln in den seinigen zu gau-
keln.

Als der Sonntag kam, schlug unser Greger fast an allen Gassen
Zettel an, ungefähr dieses Inhalts:

>»Kund und zu wissen sei hiermit allen Liebha-
>bern fremder und freier Künste und Ge-
>schwindigkeiten, daß allhier ein berühmter
>und kunstreicher Seil-Tänzer und Taschenspie-
>ler angekommen ist, welcher von einem edlen,
>ehrenfesten und wohlweisen Rat dieser Stadt
>Erlaubnis bekommen hat, heute Nachmittag
>um vier Uhr präzise seine Künste um Geld den
>Zuschauern auf dem Rathaus zu zeigen und zu
>präsentieren.
>
>Es wird erstlich zu sehen sein ein künstlicher
>Seil-Tänzer, welcher einen kuriosen Tanz auf
>dem Seil, auf Eiern und mit angebundenem
>Degen vollführt. Zum anderen allerhand
>künstliche Sprünge, auch durch den Reifen
>über zwölf blanke Degen, und viel anderes
>mehr. Drittens eine Jungfrau, die 140 Fäden im
>stetigen Umdrehen in eine Nadel einfädeln

wird. Viertens allerhand Geschwindigkeiten aus der Tasche. Fünftens auf dem Kopf stehen und in Gesundheit aller Zuschauer ein Glas Wein austrinken. Sechstens über ein Pferd mit gleichen Füßen springen. Siebentens dabei auch eine schöne Komödie vorstellen. Achtens ein künstliches Ballett von vier Mohren. Neuntens einen kuriosen Bauern-Tanz. Zehntens allerhand artige, von einem Hund niemals gesehene Künste, welcher auf den zwei hinteren Beinen allerhand Tänze machen, Bier und Wein trinken, Schildwacht stehen, Tabak schmauchen und andere unzählbare Künste mehr kann.

Wer nun Lust und Liebe hat, die abgemeldeten und noch viele andere Kunst-Stücke mehr zu sehen, der verfüge sich um vier Uhr nachmittags auf das Rathaus, so wird er um drei polnische Groschen wohl und aufs beste kontentiert werden.«

Als nun die Leute aus der Vesper gingen, nahm unser Pickelhering, welcher sich gebührendermaßen gekleidet hatte, eine Trompete, setzte sich auf ein Pferd und ritt blasend die Stadt auf und ab, die Leute herzulocken.

Hinter ihm führte mich des Gauklers ältester Sohn an einem Strick.

Unsere Trabanten waren ein Haufen Kinder, die uns nachliefen.

Weil ich nun sah, daß meine Hunds-Person auch mit agieren sollte, also lief ich neben meinen Pickelhering herbei und machte allerhand künstliche Pferd-Sprünge, daß die Buben, deren uns sehr viele nachliefen, an mir genug zu lachen, zu schreien und zu sehen hatten; und als wir schier an das Rathaus kamen, so tanzte ich auf den hinteren Beinen.

Mein Herr aber stand auf einer an das Rathaus gelehnten Leiter, fraß Werk, und spie Rauch und Feuer aus. Unter ihm war der kleinste Junge und spielte auf der Trommel.

Als nun ziemlich viele Leute zusammengekommen waren, verfügten wir uns auf das Rathaus.

Es wollten uns aber wenig nachfolgen, entweder daß die meisten kein Geld hatten oder doch auf solche Lust ein so geringes aus Kargheit oder Geiz nicht aufwenden oder wagen wollten; da doch mein Herr ziemlich lange gewartet hatte und sich sehr wenig Leute einstellen wollten, wurde mir endlich die Zeit selbst lange.

Es lag aber die Trommel vor mir auf der Erde; deshalb wollte ich zwar die Schlegel anfassen, eines für die Langeweile auf der Trommel zu spielen, welches ich vordem sehr wohl gekonnt. Es wollte aber wegen Ungeschicklichkeit meiner Pfoten nicht angehen; darum setzte ich mich vor die Trommel und schlug mit meinen Füßen einen Marsch, so gut es angehen wollte.

Mein Herr, der immer zusah, sagte zu mir: »Harre, harre, Rozum. Kannst du diese Kunst? Wart, wart, ich will dir ein wenig zum Handwerk helfen.«

Hiermit richtete er mich auf, band mir die Trommel, wie es sich am besten schicken wollte, an, ließ mir die beiden Schlegel an die Pfoten binden und ließ mich eines aufspielen. Welches mir auch so wohl abging, daß er dem Pickelhering befahl, mich auf der Gasse herumzuführen, ob vielleicht ein so künstlicher Hund mehr Spectatores herbeilocken möchte als sie.

Und das geschah auch in der Tat. Denn als ich auf der Gasse die Trommel rührte, liefen die Leute, die dergleichen Wunder vorher niemals gesehen hatten, so häufig zu, als ob sie toll gewesen wären.

In einer Viertelstunde war das Rathaus schon ziemlich angefüllt.

Daher mein Herr seine Possen auch anfing, welche ihm sehr gut vonstatten gingen.

Ich selbst agierte so wohl, daß sich alle Leute über mich verwunderten.

Und auf solche Weise half ich meinen Herrn bestens ernähren, welcher mich ja billig hätte wohl halten sollen.

Den andern Tag reisten wir aus der Ursache weiter, weil er von einem gehört hatte, daß ein Edelmann in der Nähe wäre, welcher eben dergleichen Hund gehabt hätte, welcher ihm aber davongelaufen sei.

Worauf mein Herr mutmaßte, daß ich eben derselbe Hund sein müßte.

Und damit er nicht etwa um einen ihm so nützlichen Hund kommen möchte, deshalb machte er sich mit mir aus dem Staube.

Er ließ mich auch nicht eher agieren, als bis wir in eine namhafte Stadt in Groß-Polen kamen.

Von da zogen wir in eine berühmte Wallfahrt, da ich denn alle Heiligen um Fürbitte anrief, daß mich GOTT wieder wollte zu einem Menschen werden lassen. Und dieses tat ich in meinen Gedanken so inbrünstig, daß mir wider Hunds-Gewohnheit die Tränen aus den Augen herausflossen. Es wollte aber gleichwohl nichts helfen.

Mein Herr, der ein rechter Knauser und Knicker war, hielt mich dazu sehr übel. Denn ich mußte mich mit trockenem Brot behelfen und bekam kaum Wasser genug zu trinken, außer wenn ich agierte und etwa eine Gesundheit trinken sollte, welches mir denn sehr zu Herzen ging, weil Amtleute und Schösser nicht gewohnt sind, sich so schlecht zu behelfen.

Als wir da abreisen wollten, ließ mein Herr zwei Hühner abbraten, willens, solche mit auf den Weg zu nehmen.

Aber der Geruch davon machte mir das Maul über alle Maßen wäßrig, alldieweil ich schon lange Zeit meinen Magen mit keinem solchen Traktament versehen hatte.

Deshalb habe ich meine Gedanken um Rat gefragt, wie ich doch solcher Hühner möchte teilhaftig werden, welches mir auch glückte. Denn als die Frau die Hühner in ein reines Papier eingepackt und solche beiseite gelegt hatte, ertappte ich dieselben unvermerkterweise und wanderte damit zur Tür, welche eben offenstand, hinaus; ich wußte auch keine bessere Gelegenheit, solche unvermerkt zu verzehren, als den Stall.

Dahin verfügte ich mich, zerriß das Papier, und fraß das eine Huhn ohne Brot auf.

Als ich das andere auch angreifen wollte, hörte ich wegen der verlorenen Hühner einen großen Lärm im Hause, und insbesondere hörte ich, ›der verfluchte Hund muß es getan haben‹, über welche Reden ich so sehr erschrocken bin, daß mir der Appetit zum andern Huhn ziemlich vergangen war.

Da hätte man meinen Herrn sollen fluchen hören: Da mußten alle hunderttausend, alle Stadt-Graben voll heraus; da war ein Gedonner und Gehagel, daß mir die Haare zu Berge standen.

Ich wußte nicht, wie ich davonkommen sollte, und besorgte mich doch auch, man möchte mich in dem Stall finden.

Kaum hatte ich dieses gedacht, da kam mein Herr mit der Karbatsche und verfolgte mich damit so jämmerlich, daß ich mit gutem Gewissen sagen kann, ich sei mein Lebtag nicht so übel traktiert worden.

Der leichtfertige, liederliche, undankbare Kuckuck hatte auch die Tür zugemacht, daß ich nicht hinaus konnte.

Endlich, da ich vermeinte, er würde mich gar zutodepeitschen, resolvierte ich mich zu wehren, sprang ihm deswegen auf den Leib, ergriff ihn beim Hals und warf ihn zu Boden, willens, ihn fast gar zu erwürgen; worüber er so jämmerlich zu schreien anfing, daß Greger und der Wirt hinzuliefen und eilends die Tür aufbrachen, um ihm zu helfen.

Als ich dieses sah, sprang ich zur Tür hinaus, willens durchzugehen.

Der kleine Trommelschläger aber verschloß mir die Haustür, damit ich da auch nicht hinaus konnte, welches mich so schrecklich verdroß, daß ich ihn bei den Hosen faßte und über und über warf; worüber er kein geringeres Geschrei als sein Vater machte.

Ich versuchte zwar, die Tür aufzumachen, aber ich konnte nicht, weil mir der Wirt gar zu jählings auf den Hals kam, welcher machte, daß ich mich wieder zurück in den Hof retirieren mußte.

Er fing entsetzlich an zu schreien: »Meine Büchse her, geschwind, geschwind meine Büchse her! Der Hund ist toll, ich will ihm den Rest geben, ehe er noch ein weiteres Unglück anrichten tut.«

Mit was für Schrecken ich diese Worte angehört habe, will ich jedermann selbst urteilen lassen.

Es schickte sich aber mein Glück, ehe die Büchse hergeholt wurde, endlich noch so gut, daß die Haustür durch andere Leute aufgemacht wurde; deswegen ich solches gleich erblickte, und ehe jemand darauf achtgab, rannte ich im vollen Courier auf dieselbige zu; und obschon der Wirt, der Pickelhering und andere mehr in dem Haus standen und auf mich zuschrien, so hatten sie doch nicht das Herz, mich anzugreifen, aus Sorge, ich möchte sie anfallen und einen Schaden zufügen. Sie wichen mir zwar aus, aber sie schmissen mir doch zuguterletzt noch Steine, Besen, Prügel, Bretter, und was ein jeder als erstes erwischen konnte, auf den Leib nach.

Dessenungeachtet lief ich doch behend zum Tor hinaus und kehrte mich nicht im geringsten weder an das Schreien noch Werfen, sondern marschierte immer meine Wege fort.

Und das war der höfliche Abschied, den mir mein anderer Herr gab.

Die IX. Klasse

*Zeigt an, wie Rozum nach seinem üblen Traktament in sich gegangen ist
und erkannt hat, wie er in seinem Schösser-Amt gelebt hat und weshalb er
so leiden mußte; auch wie er wiederum einen Herrn bekommen hat und
Taussäs genannt worden ist.*

Das verzehrte Huhn bekam mir so übel, daß, nachdem ich in ein
kleines Gebüsch kam und außer der Gefahr und Furcht zu sein
vermeinte, ich mich gezwungen sah, vor Krankheit und Mattigkeit
mich hinter einen Strauch niederzulegen, und da hatte ich Zeit genug, meinen elenden Zustand wehmütig zu beseufzen und zu beklagen, und dieses zwar nur in Gedanken. Denn alle meine vordem
begangenen Sünden stellten sich ganz lebhaft und abscheulich vor
die Augen meines Gemüts.

Ich erinnerte mich, wie manchen armen Bauern ich in meinem
Schösser-Amt geprügelt, wie unrechtmäßig ich arme Leute oftmals
gestraft und keine Erbarmnis über sie gehabt habe, obgleich sie
noch so sehr gebeten und viele hundert Tränen vor meinen Füßen
niedergelassen haben; ja, wie manches Geschenk ich genommen
und deshalb das Recht unrecht und das Unrecht recht gesprochen
habe.

Diese und dergleichen andere Gedanken wurden von dem täglichen Exequierer, dem Magen, welcher seinen täglichen Tribut forderte, unterbrochen, der mich denn aus meinem Lager jagte.

Ich wußte aber gleichwohl nicht, wo ich solchen Tribut herneh-
men sollte.

Doch wanderte ich fort, bis ich zu Mittag zu einem Dorf kam, da
gleich die Kinder in die Schule gingen.

Unter denselben sah ich eines, welches ein großes Stück Brot unter dem Arm trug, dasselbe fiel ich an und nahm ihm das Stück
Brot, jedoch ohne des Kindes Schaden. Worauf ich bald etliche Bauern mit Prügeln und Steinen hinter mir herjagte, welche, obwohl sie
scharf nach mir warfen und ihren Fleiß nicht sparten, mich zu allem
Glück doch nicht trafen.

Ich aber marschierte im vollen Hunds-Trab mit meinem Stück Brot zum Dorf hinaus.

Als ich nun ein gutes Stück Wegs davon weg war, futterte ich und wanderte hernach immer weiter fort.

Vierzehn Tage trieb ich meine Wallfahrt, ehe ich wiederum einen mir anständigen neuen Herrn bekam.

Indessen suchte ich meine Nahrung mit Stehlen, denn ich schlich heimlich Bürgern und Bauern in die Häuser und nahm weg, was ich finden konnte, worüber ich doch bisweilen häßlich zu kurz kam.

Weil mich aber diese Art zu leben etwas schwer ankam, wurde ich mir schlüssig, wieder einem Herrn zu dienen.

Nach dieser vierzehntägigen Wanderschaft kam ich an einen Ort, in welchem ein schönes Schloß war; in dieses ging ich ohne Paßport hinein.

Der Herr desselbigen Schlosses stand eben im Hof mit vielen seinen Dienern umgeben; und anstatt des Supplikats, das ich ihm übergeben sollte, tanzte ich auf den Herrn zu und machte allerhand wunderliche Posituren, welche mich dergestalt rekommandierten, daß ich den Augenblick bei ihm Dienste bekam.

Denn als der Herr seine Diener befragte, wessen wohl der Hund sein möchte, und die Diener den Hund gar nicht kennen wollten, so sagte der Herr, ›nun wird er recht für mich sein‹; befahl darauf dem einen Jungen, er solle mich verwahren, damit ich nicht wieder wegkäme.

Wenn ich alles erzählen sollte, was ich diesem Herrn für lustige Kurzweil gemacht habe, würde dieses Buch viel zu groß werden. Dieses allein muß ich sagen, daß ich abermals einen neuen Namen bekommen habe und Taussäs bin genannt worden.

Die X. Klasse

Gibt den Tag an, wie ich abermals von den Bedienten bin verleumdet wor-
den, und wie hingegen meine Verleumder wider mich nichts ausgerichtet
haben.

Bei diesem Herrn hatte ich die besten Sachen der Welt.

O, wenn mancher arme Mensch die köstlichen Speisen, die ich oftmals nicht mehr habe riechen mögen, gehabt hätte, wie trefflich hätte er sich erquicken sollen.

Arme Leute zwar hatten sich über meinen Herrn nicht zu beschweren, weil er der mildtätigste Herr von der Welt war und niemand gerne leer oder traurig von sich gehen ließ; ja, ich selbst habe öfters gesehen, daß er einen ganzen Hut voll Kleingeld unter die armen Leute hat austeilen lassen.

Dessenungeachtet aber werden doch wohl anderswo arme Leute gewesen sein, die das, was ich nicht gemocht habe, hätten wünschen mögen.

So wohl es mir aber in diesem meinen Dienst erging, so mußte ich doch leiden, daß mich ein großer Schaf-Hund jählings anfiel, der mir zweifelsohne einen nicht geringen Schaden zugefügt hätte, wenn mein Herr mich nicht selbst beschützt hätte.

Die Verleumdung wollte sich zwar auch einfinden, sie fand aber bei meinem Herrn keine geneigten Ohren.

Denn die Pagen meines Herrn hatten sowohl ihre Lust mit mir als mein Herr selbst, ja sogar, daß sie mich auch mit ihnen zu Bett zu nehmen pflegten.

Auf eine Zeit aber hatten sich die Bestien ziemlich besoffen und legten sich ihrer drei in ein Bett.

Weil aber der dritte ein Fremder war, mir meine Stelle eingenommen hatte, legte ich mich oben auf sie hinauf.

In der Mitternacht fing der, der auf der linken Seite lag, (mit Respekt zu reden) zu kälbern an und spie den andern beiden auf den Hals.

Zu allem Unglück hatte der Mittlere das Maul sperrangelweit offen, welches er von dem andern so voll bekam, daß der arme und auch volle Bruder bald daran erstickt wäre; worüber er erwachte und anfing, sich auch zu übergeben, welches mich zwang, diesen Ort zu verlassen.

Als sie sich nun alle drei ermuntert hatten, fingen sie an zu zanken, und wollte keiner die Unfläterei getan haben, hätten sich auch deshalb fast geschlagen, wenn nicht der Anfänger solcher Kälberei gesagt hätte: »Ihr Herren, keiner von uns hat es getan, sondern der saubere Taussäs hat dieses verursacht.« Daß also dem Mittleren, dem Maul und Nase vollgespien worden waren, ein solches Grauen ankam, daß ich nicht anders dachte, als würde er Lunge und Leber und sein ganzes Eingeweide herauswerfen. Daher wurden sie gezwungen, Wasser zu holen, sowohl ihre Köpfe, welche voller Brocken hingen, zu waschen, als auch ihre Mäuler, die voller Gestank waren, sauber auszuspülen.

Den folgenden Tag erzählte der Autor diese Komödie mit einer sehr artigen und wohlanständigen Art, wie der Taussäs seinen Kameraden das Maul so voll gemacht habe, daß er fast darüber erstickt und bewegt worden sei, dem Taussäs nichts nachzugeben, sondern seine sieben Heller aus dem Magen dazuzulegen.

Er machte auch noch einen Schnitzer dazu, um seine Erzählung sowohl glaubwürdiger als auch annehmlicher zu machen, daß ich mich abermals der Karbatsche besorgte.

Diese Erzählung aber erzürnte meinen Herrn nicht nur gar nicht, sondern er delektierte sich dermaßen darüber, daß er überlaut zu lachen anfing.

»Taussäs«, sagte er zu mir und patschte mich etliche Male auf meinen Kopf, »du solltest der Wasch-Magd billigerweise ein Trinkgeld geben, allein du armer Schelm hast selbst nichts.«

Hiermit machte er den Beutel auf und gab mir ein Sechsgroschen-Stück, und sagte: »Geh, Taussäs, bring dieses der Wasch-Magd.«

Ich nahm das Geld und ging fort. Die Pagen folgten mir von ferne nach, um zu sehen, was ich mit dem Geld machen würde.

In dem großen Saal begegnete mir ein Kammer-Mägdlein, welches ehedem manchen Spaß mit mir gehabt hatte, vor dieser stellte ich mich in Positur, machte eine Reverenz und legte das Geld zu ihren Füßen.

Das Mägdlein nahm das Geld und fing an, ihre Kurzweil mit mir zu treiben.

Ich weiß aber nicht, was ihr an mir so wohl gefallen hat; denn sie fing mit einem tief-geholten Seufzer an und sagte: »Ach Taussäs, Taussäs, wenn du ein Kerl wärst!«

Dieses hörten die Pagen, welche uns durch das Schlüssel-Loch zugesehen und zugehört hatten, fingen deshalb aus vollem Hals an zu lachen; worüber das arme Mägdlein also beschämt wurde, daß sie schnell davonlief.

Dieser Spaß gefiel den Pagen so wohl, daß sie es bald darauf dem Herrn sagten.

Jedoch war noch eine Diskretion bei ihnen, nämlich, sie hätten solches zwar gehört, aber die Jungfer, so es geredet, nicht gesehen.

Diese Geschichte kam unter die Hof-Burschen, die ein Sprichwort daraus machten, also daß, wo mich einer sah, er sprach: »Ach Taussäs, wenn du ein Kerl wärst!« Ja, dieses Sprichwort geriet endlich gar unter die Handwerks-Burschen in der Stadt, nur daß sie nicht wußten, woher es entstanden war, weil unsere Hof-Burschen solches niemandem offenbaren durften.

Doch kam dieses Sprichwort bei den Handwerks-Burschen gar so weit, daß auch endlich ein Lied davon gesungen wurde:

I.

Taussäs, deine Kompliment',
Und dein mir gebracht's Geschenk,
Haben mich in Fessel 'bunden
Daß ich fast bin überwunden;
Wenn du nur ein Kerle wärst!

II.

Mich, mein Taussäs, hat dein Witz,
Wie der schnell' und helle Blitz,
In einem Augenblick verkehrt,
Daß mich hätt' die Lieb' betört;
Wenn du nur ein Kerle wärst!

III.

Taussäs' Redlichkeit und Treu
Ist bei Hof besonders neu;
Drum könnt' meine Hoffnung schweben,
Immerzu in diesem Leben,
Wenn du nur ein Kerle wärst!

IV.

Ach! mein Taussäs, wenn du wüßt'
Wie mir um das Herze ist;
Wie du mir's so hart gebogen,
Und wie ich dir bin gewogen,
Wenn du nur ein Kerle wärst!

Die XI. Klasse

Beschreibt etliche artige Verleumdungen, so den Verleumdern gar übel anstehen und bekommen sind.

Ich muß es bekennen, daß ich bei diesem Herrn trefflich Glück gehabt habe; denn wenngleich ich angegeben wurde, so ließ er mir nicht allein nichts übles deswegen widerfahren, sondern meine Ankläger fielen auch gemeiniglich in die Gruben, die sie mir gegraben hatten.

Nur einige will ich hier anführen.

Ein Page zerbrach einmal einen schönen Spiegel, und als er mich anklagte, als ob ich's getan hätte, bekam er einer guten Küchen-Schilling, weil er auf den Spiegel nicht achtgegeben hatte und solchen den Hund zerbrechen lassen.

Ein andermal, als unser Herr über seinen mathematischen Grillen saß, ließ ein anderer Page unversehens einer trefflich stark-brummenden Leibes-Wind fahren, und als der Herr fragte, was das wäre? antwortete der plumpe Schelm: Taussäs hätte es getan.

Weil aber der Herr sah, daß weder Taussäs noch sonst jemand sich in dem Zimmer befand, ließ er demselben um seiner groben Lügen halber einen braven Fetzer in der Küche geben, allwo ich der Exekution auch beiwohnte.

Auf eine andere Zeit hatte ein kleiner Page, der noch nicht lange bei Hofe gewesen, sein Bett ziemlich einbalsamiert und mich also, vermittelst des abscheulichen Gestanks, zu verleumden gedacht.

Den folgenden Morgen fanden die Mägde den völligen Schatz, welches sie aber dem Hofmeister anzeigten.

Der Hofmeister fragte den Pagen, warum er das Bett so greulich zugerichtet hätte? Der Page aber sagte, er hätte es nicht getan.

»Wer dann?« fragte der Hofmeister weiter.

»Taussäs«, versetzte der arme Tropf, »muß es getan haben.«

»Geh, du Schelm«, sagte der Hofmeister, »die Mägde werden gewiß keinen Menschen- vom Hunde-Kot unterscheiden können.«

»Ei, je nun, Herr Hofmeister«, sagte der Page, »so sind es doch gewiß die Fliegen gewesen.«

Worüber der Hofmeister lachend antwortete: »Du einfältiger Narr, die Fliegen werden dir einen so ungeheuren Haufen Unflat ins Bett tun können. Wart, wart, ich will dir einen tüchtigen Küchen-Schilling geben lassen, weil du noch dazu lügst und bald den Hund, bald die Fliegen beschuldigst.« Welche Antwort aber den Hofmeister so delektiert hat, daß er vor Lachen nichts mehr hat sagen können, sondern davongehen müssen, um es seinem Herrn zu erzählen.

Durch diese und dergleichen augenscheinlich falsche Beschuldigungen kam es dahin, daß mein Herr nichts Widriges mehr glaubte und mich wegen meiner Künste je länger, je lieber gewann.

Die XII. Klasse

Erzählt, wie dem Taussäs sein guter Herr gestorben ist, die guten Tage aufgehört haben, er seinen Abschied bekommen hat und an einen Abt in ein Kloster rekommandiert worden ist.

Diese meine Glückseligkeit nahm unversehens gleichwohl ein baldiges Ende.

Denn mein guter Herr, welcher eines langen Lebens wohl wert gewesen wäre, legte sich nieder und starb, und mit ihm zugleich alle meine Wohlfahrt.

Denn sobald der Herr tot war, sobald begehrte niemand, einige Kurzweil mit dem Taussäs zu machen oder zu haben.

Und weil ich also nichts mehr taugte, so bekam ich meinen Abschied und wurde des verstorbenen Herrn Beicht-Vater überlassen, welcher mich auch mit in das Kloster nahm.

Hier ging es mir bei weitem nicht so wohl als bei meinem verstorbenen Herrn.

Der Abt, der hatte mich zwar lieb, allein ich kam aber selten zu ihm, weil er meiner Künste wenig achtete, außer wenn er vornehme Gäste hatte.

Den Prior bekam ich zeitig zum Feind, denn derselbe hudelte mich gar zu sehr, also daß ich's endlich überdrüssig wurde und ihm nicht mehr parieren wollte.

Worüber er sich so erzürnte, daß er die Karbatsche kriegte und mir das Fell jämmerlich zergerbte.

Weil er es aber gar zu braun machte, so erwischte ich ihn bei einem Bein und versetzte ihm mit meinen Zähnen ein solches Denkmal, daß er von mir ablassen und davonhinken mußte.

Wiewohl er aber dieses der Schande halber nicht sagen durfte, so war er mir doch hernach so gram, daß er mich auf alle Weise und Wege verfolgte.

Bald stieß er mich mit Füßen, bald versetzte er mir eines mit dem Stab, bald gab er mich bei dem Prälaten fälschlich an und suchte mich gar abzuschaffen.

Ja, er entzog mir auch die Nahrung, daß ich oft dachte, ich müßte Hungers sterben. Und obgleich ich auch mit Schmeicheln seine Gunst wiederum zu erwerben hoffte, so half es doch alles nichts.

Ich befand also, daß der geistliche Zorn unaufhörlich und unerträglich ist.

Diese Verfolgung aber diente zu meinem Besten, denn ich wurde ganz andächtig und wünschte von Herzen, meine hündische Gestalt wieder loszuwerden.

Ich ging deswegen täglich zur Messe und verrichtete mein Gebet in Ermangelung der Worte mit Seufzen.

Es kam mich auch ungefähr eine Begierde an, GOTTES Wort zu hören, und ich verfügte mich deshalb einmal in die Kirche, eben zu der Zeit, da man predigte.

Der Prediger hatte sein Methodum von der Mäßigkeit und schalt so jämmerlich aufs Fressen und Saufen, daß einem die Haare hätten mögen zu Berge stehen.

Von den Säufern kam er auf die Flucher und erzählte von denselben allerhand Historien.

Und endlich kam er auch auf die Amt-Leute, die die armen Untertanen hart drücken, ihnen das ihrige öfters wegnehmen lassen, ja, so gottlos manchmal mit ihnen verfahren, daß sie sich auch nicht scheuen, die einzige Kuh, die mancher arme Bauer in seinem Vermögen noch hat, aus dem Stall wegzunehmen.

O, himmelschreiende Sünde! die Strafe des Höchsten wird für euch Amt-Leute nicht ausbleiben.

Welche Predigt mich also bewogen hat, daß mir die Zähren aus den Augen geronnen sind, weil ich eben auch dergleichen Übeltaten an meinen Untertanen, als ich noch Amts-Schösser war, verübt habe.

Ich konnte auch vor Ängsten dieser Predigt nimmer länger zuhören, sondern habe mich mit größter Wehmut davongemacht, bin auch nimmer wieder ins Kloster gekommen, weil mir das Kloster-

Leben nicht anständig war, und ich ohnedies nichts anderes als lauter Verfolgung von dem Prior hätte leiden und erdulden müssen.

> Muß ich gleich zu allen Zeiten
> Auf der Welt Verfolgung leiden;
> Lauf deshalb nur nicht davon,
> Taussäs denk, es ist dein Lohn.

Die XIII. Klasse

Erzählt, wie Taussäs einen neuen Herrn bekommen hat und von demselben Parthenius genannt worden ist. Es wird ihm aber mit Gift nachgestellt, weswegen er denn davonläuft und sich nach einem anderen Herrn umschaut.

Nachdem ich nach der Abreise aus dem Kloster dreieinhalb Tage herumgelaufen war, traf ich einen vornehmen Herrn an, welcher von Adel war; mit demselben lief ich in seinen Hof, bekam abermals Dienst und wurde Parthenius genannt.

Bei diesem Herrn hatte ich sehr gute Tage und wurde je länger, je werter gehalten, weil ich je länger, je mehr meine Künste an den Tag gab.

Meine Geschicklichkeit hätte mich aber fast ums Leben gebracht.

Denn als einmal ein anderer Edelmann bei meinem Herrn zu Gast war, und mein Herr ihm wies, was er für einer geschickten Hund hätte, erbot sich derselbe, ein Pferd für mich zu geben, welches mein Herr aber nicht tun wollte.

Dieses verdroß ihn so sehr, daß er auf Mittel und Wege bedacht war, meinen Herrn um seinen Parthenium zu bringen.

Auf eine Zeit war er bei unserm Knecht im Stall, in welchem ich mich damals auch befand; diesem versprach er drei Taler, im Fall er ihm den Parthenium könnte zuwegebringen.

Der Knecht aber sagte: Er wolle ihm gerne hierin willfahren, es wäre aber fast unmöglich, weil der Hund immer beim Herrn sein müßte, sogar, daß er auch des nachts in seine Schlaf-Kammer mitgenommen würde.

»Hei!« sagte der Edelmann, »wenn ich den Hund nicht haben soll, so gönne ich ihn auch deinem Herrn nimmermehr. Wenn du Lust hast, Geld zu verdienen, schau, so geb' ich dir einen Taler, wenn du den Hund mit Gift verderben willst; wird der Hund tot sein, so sollst du noch einen Taler bekommen.«

Dieses gelobte der Knecht zu tun und empfing den einen Taler, und der Edelmann versprach ihm dabei, Gift zu beschaffen, damit der Hund vergehen würde.

Ich erstaunte über den verfluchten Neid, der des Menschen Herz dermaßen besitzt, daß sie auch mit ihren Schäden und Unkosten ihren Nächsten um das Seinige zu bringen suchen, welches sie zu erlangen und selbst zu besitzen nicht hoffen dürfen.

Noch tausendmal mehr verfluchte ich die schändliche Untreue des Knechtes, welcher eines schändlichen Gewinns halber seinen Herrn des lieben Hundes und mich des Lebens zu berauben sich unterfangen durfte.

Weil ich nun nicht zweifelte, der Knecht würde sein Versprechen halten, also dachte ich, es wäre besser, wenn ich hinter der Tür Abschied nehmen täte und meinen lieben Herrn verließe, als wenn derselbe durch meinen Tod meiner sollte beraubt werden.

Damit aber der Knecht seiner Untreue halber ein Denkmal haben möchte, so biß ich demselben, da er sich eben bückte, ein paar ziemliche Löcher in die hinteren Backen und lief davon.

Wie die Mißgunst und das Neiden
Öfters voneinander scheiden,
Vieh und Menschen auf der Welt,
Um ein schlecht geringes Geld;

Daß oft mancher auch das Leben
Recht unschuldig muß hergeben;
So das Gift mir auch getan,
Wenn ich wär' nicht gangen davon.

Die XIV. Klasse

Zeigt an, wie Parthenius zu einem Pfarr-Herrn gekommen, Fidel genannt und endlich mit siedendem Wasser verjagt und vertrieben worden ist.

Als ich nun etliche Stunden gelaufen war, kam ich endlich in ein Dorf zu einem Pfarr-Herrn, welcher mich gleich Fidelis genannt hat.

Dieser war ein frommer und gottseliger Mann.

Alle Morgen betete er eine Stunde, danach studierte er bis zur Mittags-Mahlzeit.

Nach Tisch hielt er wieder eine Betstunde, und nach derselben gebrauchte er sich einiger Ergötzlichkeit, entweder mit Lesung einiger Historien, oder mit guten Freunden, die ihn bisweilen besuchten: Und da mußte ich oftmals meine Künste zeigen und sehen lassen; denn dieser mein Herr war mir viel holder als der Prior in obgedachtem Kloster.

Abends, wenn er sich schlafen legen wollte, betete er wieder eine Stunde.

Er hatte drei Lädlein, in welche er sein Einkommen legte, was mir erst gar fremd vorkam.

Ich merkte aber mit der Zeit, daß er alle seine Einnahme, die gewiß nicht gering war, in drei gleiche Teile abteilte und jeden Teil in eines von den drei Lädlein legte.

Eines davon enthielt das Geld, das für seine Haushaltung bestimmt war.

Aus dem anderen Lädlein nahm er die Unkosten, die aufgingen, wenn ihn jemand Fremdes besuchte.

Von dem Geld des dritten Lädleins tat er den armen Leuten viel Gutes, und zwar den Haus-Armen mehr als den Landstörzern, von denen er auch keinen unbegabt von sich ließ.

Ich habe gesehen, daß er arme Bauern zu sich hat fordern lassen und ihnen Geld zu leihen anerboten hat, und zwar mit dieser Bedingung: Sofern sie keine Predigt versäumten oder mutwilligerweise davon ausblieben, sollte ihnen das Geld geschenkt sein, in Ausbleibung dessen aber sollten sie ihn bezahlen.

Einem andern lieh er 20 Taler, sagte, weil er gehört hatte, daß er sich sehr an das Fluchen sollte gewöhnt haben, so wolle er ihm 20 Taler schenken, jedoch mit dieser Bedingung: Sooft er fluchen würde, solle er ihm allezeit einen Taler wieder zu bezahlen schuldig sein.

Einem andern gab er 10 Taler, und zwar auf solche Art und Weise, daß er keinen Armen unbegabt von seinem Hause sollte gehen lassen.

Alle armen Schul-Kinder unterhielt er mit Büchern, Tinte und Papier.

Sonst aber war er geduldig und vertrug das Unrecht, so ihm selbst angetan war, gar leicht.

Er war leutselig, und wußte doch gegen halsstarrige Sünder einen ziemlichen Ernst zu gebrauchen.

Er war mäßig im Essen und Trinken, und ließ es doch im Fall, daß fremde Gäste zu ihm kamen, an nichts fehlen.

Er war keusch und züchtig in Worten und Gebärden, und gebrauchte bei gewissen Leuten artige Schwänke, die man aber billiger Apophthegmata und scharfsinnige Reden nennen möchte als kurzweilige Streiche.

Er war nicht leichtgläubig, sondern wenn jemand angegeben wurde, erkundigte er sich der Sachen sehr genau, eh' er jemand deswegen zur Rede setzte. Befand es sich, daß der Angegebene unschuldig war, so bekam der Delator einen guten Filz. Daher sich wenige Postträger, Fuchsschwänzer und Schmarotzer, die aus anderer Leute Ungemach einigen Nutzen suchen, bei ihm einfanden.

In Summa, er war ein solcher Geistlicher, den man mit Recht vielen andern zum Exempel hätte vorstellen können.

Was mich anbelangt, hätte ich diesen Herrn nimmermehr verlassen wollen, wenn mich nicht endlich die Köchin vertrieben und auf folgende Weise verfolgt hätte.

Die Köchin buhlte mit dem Knecht, und weil ich gewahr wurde, daß der Knecht alle Nacht in der Köchin Kammer schlich und sich etliche Stunden darin aufhielt, besorgte ich mich, die Sache möchte endlich zu meines Herrn größtem Schimpf ausbrechen. Daher gedachte ich, solches meinem Herrn, wo möglich, kund zu machen.

Als nun der Knecht wieder zur Köchin eingeschlichen war, kam ich vor meines Herrn Tür und fing jämmerlich an zu bellen, also daß mein Herr endlich aufstand, was mein ungewöhnliches Bellen bedeutete.

Sobald er hinauskam, lief ich bellend auf der Köchin Kammer zu. Der Herr folgte mir mit einem Licht auf dem Fuß nach.

Als aber die Köchin merkte, daß der Herr vorhanden war, kam das schlaue Raben-Aas herausgelaufen und sagte: »Ach Herr, es muß ein Dieb im Hause sein, ich habe gehört, daß jemand drunten die Tür aufgemacht hat.«

Der gute und sorgfältige Herr ist begierig zu sehen, was es wäre, lief in seine Studier-Stube, nahm sein Haus-Gewehr, und ungeachtet meines Bellens und Verharrens, lief er in das Haus hinunter, den vermeinten Dieb aufzusuchen und ihm eines zu versetzen.

Indessen hatte der Knecht Zeit, sich aus der Köchin Kammer zu machen, welcher denn auch hinunter in den Hof kam und alles aussuchen half.

Von der Zeit an waren mir die Köchin und der Knecht spinnenfeind, und wenn sie mich in Abwesenheit des Herrn haben konnten, prügelten sie mich sehr derb ab.

Ja, sie, die Köchin, verfolgte mich denn endlich gar mit siedendem Wasser, wo sie nur konnte, und wenn ich' einmal nicht gewahr geworden wäre, so hätte sie mir einen großen Topf siedend heißes Wasser über den ganzen Leib geschüttet und mich damit jämmerlich und elendiglich verbrannt und verbrüht.

Als ich nun sah, daß die Verfolgung so grausam war, so hab' ich kein Maul mehr aufgetan, obschon ich wiederum den Knecht zu der Magd in das Bett habe schleichen hören: allein das Maul zu halten, war zu spät, denn die Feindschaft der Köchin wurde immer größer, daß ich endlich gar gezwungen wurde, meinen guten Herrn zu verlassen und mit Schmerzen davonzulaufen.

Leg dich nicht in Liebes-Sachen,
Man mag küssen oder lachen;
Gib da kein' Verräter ab,
Sonst verfolgt man dich ins Grab.

Die XV. Klasse

Beschreibt verschiedene Herrn des Hundes, wie es ihm in kurzer Zeit bei denen ergangen und warum er so bald wieder davongelaufen ist.

Nach meinem guten Pfarr-Herrn kam ich in einen Gast-Hof und wurde Ziemeck genannt.

Der Gastwirt hatte mich zwar lieb wegen meiner Künste, denn er bekam manchen Gast deswegen mehr als sonst; allein es kam von ungefähr ein Advokat in das Wirts-Haus, da eben mein Herr, der Wirt, seine Kurzweil mit mir trieb; dieses gefiel dem Advokaten trefflich wohl; und weil er sich so sehr in mich verliebt hatte, fragte er den Wirt, ob ich ihm feil sei? Worauf mein Herr zur Antwort gab: »Um Geld ist alles feil.«

Sie sind also miteinander wegen meiner in einen Akkord geraten, und es hat der Advokat meinem Herrn vier Reichstaler für mich ausgezahlt.

Nach diesem nahm mich der Advokat mit nach Hause, und nachdem mein neuer Herr unterschiedliche Exerzitien mit mir vorgenommen und erst recht erfahren und gesehen hatte, was in mir stecken tut, so gedachte er eine große Ehre mit mir bei seinem Vater einzulegen, welcher ein Doctor Medicinae war, und verschenkte mich an denselben, welcher eine große Freude deswegen hat von sich spüren lassen; und obzwar mir dieser Herr trefflich wohl anstand, so konnte ich doch nicht lange bei ihm verbleiben, denn ich wurde von einem Soldaten mit Hinterlist meinem Herrn gestohlen, und dieser nannte mich Wart.

Weil mich aber dieser mein Herr gar zu sehr hungern ließ, fing ich zu bellen an, es half aber nichts, sondern hieß immer: »Wart, wart.«

Ich stellte mich bald auf beide hinteren Beine und wartete meinem Herrn auf, allein es hieß wieder: »Wart.«

Da mich aber mein Herr einmal anstatt der Mahlzeit sehr übel traktierte, und der Name Wart mir auch nicht gar wohl gefiel, so lief ich davon.

Wart, wart, rief mein Herr so gerne,
Von dem frühen Morgen an;
Wart, wart, bis die hellen Sterne,
Standen an dem Himmels-Plan;

Wart, wart bei der Mahlzeits-Stunde,
Hieß es bei ihm allzeit dort;
Essen will doch auch ein Hunde,
Darum lief ich zeitig fort.

Was ist mir der Name wert,
Wenn ich soll dabei verderben?
Auch noch sein dabei alert,
Endlich müßt ich Hungers sterben.

Dieser Nam' geht mir nicht ein,
Ich will lieber Faß-an heißen.
Wo man frißt und saufet Wein
Will ich alsobald hinreisen.

Als ich nun von diesem Herrn weggelaufen war, kam ich unterwegs zu einem Fuhrmann, da dachte ich, mit diesem will ich fortwandern, denn diese Leute kehren gemeiniglich in guten Wirts-Häusern ein, wo es wacker zu essen und zu trinken gibt, ich lief zu ihm hin und stellte mich gegen ihn ziemlich freundlich an, der mich auch wohl aufnahm.

Als ich nun eine Zeitlang mit ihm neben dem Wagen herlief, gab er mir einen Namen und hieß mich Murzin, nahm zugleich einen Strick und band mich unter seinen Wagen, welches mir sehr übel gefiel; denn ich mußte mit dem Wagen bald durch ein Wasser, bald durch dicken Morast, bald durch ein Gesträuch und bald durch steinige Felsen durchmarschieren.

Ich dachte öfters bei mir: ›Es hat mich wohl der Kuckuck zu diesem Fuhrmann geschlagen‹, und durfte mich doch nicht einmal recht rühren, indem ich gefangen und angebunden war; auch der Fuhrmann mit seiner Peitsche immer neben dem Wagen herging und manches Mal ungeheuer auf die Pferde zu fluchen und zu peitschen anfing, daß ich immer in Furcht gestanden bin, als käme die

Peitsche auch über meinen Buckel; deshalb verlangte es mich nur, einmal in das Quartier zu kommen.

Da wir nun auf den Abend in das Quartier kamen und die Pferde abgespannt waren, kam endlich mein Fuhrmann wieder vom Stall zurück, löste mich vom Wagen ab und führte mich am Strick mit ihm in die Stube hinein, hielt mich aber immerzu am Strick, bis er sich am Tisch niedergesetzt hatte.

Als sich nun mein Herr zur Ruhe begab, legte ich mich unter seinem Tisch auch nieder, so ließ er endlich den Strick aus der Hand los, gab mir ein Stück Brot, vermeinend, daß ich nunmehr bei ihm verbleiben würde.

Ich aß das Brot bald hinein, weil ich auf dieser Reise sehr hungrig geworden.

Als ich nun so lag, fielen mir allerhand Gedanken ein; endlich kam ich auf den Gedanken, daß mich mein Fuhrmann bald wieder nehmen und an den Wagen binden würde, um dabei die Nacht hindurch einen Wächter abzugeben, und alsdann werde ich den anderen Morgen wiederum mit fortmarschieren müssen.

Dieser Einfall schreckte mich so sehr, daß ich nicht mehr lange unter meinem Tisch liegenblieb, sondern ganz sachte hervorschlich, die Gelegenheit abwartete, bis jemand die Stuben-Tür aufmachte, und also mitsamt dem Strick den völligen Reißaus nahm und davonmarschierte.

Da ich nun sah, daß es mir je länger, je elender ging, trug ich Verlangen, um zu erfahren, wie es mit meinem Weibe stehen möchte; deshalb machte ich mich unterwegs zu zwei Handwerks-Burschen, die zwar rechte Vagabunden waren und nicht zu arbeiten gedachten, in der Hoffnung, sie würden diesen Weg laufen, welcher mich zu meinem Weib führen täte.

Weil ich aber nach langem Mitlaufen von ihnen hörte und vernahm, daß sie nach Deutschland wollten, blieb ich zurück und marschierte eine andere Straße fort; auf dieser kam ich zu zwei Land-Bettlern, mit welchen ich endlich an einen Ort kam, da ich meinen Herrn, bei dem ich Schösser gewesen bin, antraf.

Zu demselben verhielt ich mich freundlich und wurde auch von ihm willig angenommen.

Wie froh ich gewesen bin, daß ich wieder jemanden Bekanntes angetroffen habe, ist nicht zu beschreiben.

Es ging mir auch trefflich wohl bei ihm, und ich habe viel Neues allda gehört und erfahren, welches mir merklich zu meinem Besten gedient hat, ja, ich hatte sogar das Glück, daß ich auch endlich erfuhr, auf welche Art und Weise ich zu meiner menschlichen Gestalt wieder kommen konnte.

Ich bin wieder angelangt,
In mein liebes Vaterland;
Darum dank' ich meinem GOTT,
Der mir half aus aller Not.

Die XVI. und letzte Klasse

Beschreibt die Umstände, wie und auf welche Art und Weise der gewesene
Schösser wiederum seine menschliche Gestalt erhalten und erlangt hat.

Als ich nun bei meinem Herrn etliche Tage war, so gab er mir einen Namen, welcher sich zu meiner Farbe gar nicht reimte, denn er hieß mich Braun.

Da nun etliche Tage vorbei waren, reiste mein Herr auf seine Güter und nahm mich mit.

Als wir nun allda angelangt waren, traf ich meine ehrbare Gemahlin an, welche ein kleines saugendes Kind auf dem Schoß liegen hatte und den Edelmann ganz freundlich willkommen hieß, der ihr auch sogleich die Wangen küßte, welches mir überaus spanisch vorkam.

Ich wurde aber mit der Zeit gewahr, daß sie auch sogar alle Nacht mit meinem Herrn schlafen ging.

Was wollt' ich armer Hund aber machen, ich mußte es zwar mit größten Schmerzen ansehen und doch dabei zufrieden sein; wie es mir aber zumute gewesen ist, weil sie ein ungemein schönes Weibs-Bild war und ich sie vordem sehr geliebt hatte, will ich jedermann selbst judizieren lassen.

Ich dachte wohl tausendmal: ›Wenn du nur deine rechte Gestalt wieder hättest‹; lief auch deshalb alle Ecken und Winkel aus, um die Hexe anzutreffen, welche mich zu der Figur eines Hundes bezaubert hatte, ich konnte sie aber nirgendwo mehr finden.

Einmal sah ich meinen gewesenen Knecht, welcher der Hexe die Kuh wieder zugestellt hatte, zu diesem gesellte ich mich und ging hinter ihm drein; dieser marschierte in das Wirts-Haus hinein, welchem ich auf dem Fuß folgte.

In demselben war niemand als noch ein anderer Knecht.

Diese beiden fingen an zu zechen, ich aber setzte mich vor sie in die Stube auf die hinteren Beine, und als mich mein alter Knecht recht ansah, sagte er: »Dieser Hund sieht natürlich aus wie mein voriger Herr.«

»Ho, ho, Narr«, sagte der Knecht, »der Hund wird ja nicht einem Menschen gleichsehen.«

»Das sage ich nicht«, sagte mein Knecht, »weißt du denn nicht, daß mein Herr in einen Hund verwandelt worden ist?«

»Nein«, sagte der andere, »das möchte ich gerne wissen, wie es zugegangen ist.«

Hierauf erzählte mein Knecht den ganzen Verlauf der Sache; worüber der andere sich sehr verwunderte und dabei fragte: »Woher weiß man aber, daß dein Herr in einen Hund verwandelt worden ist, vielleicht könnte er sonstwie verlorengegangen sein, und der schwarze Hund kann sich von ungefähr in der Stube eingefunden haben.«

»Ja«, antwortete mein Knecht, »das haben wir zuerst auch gedacht, wiewohl uns die hinterlassenen Kleider viele wunderliche Gedanken verursachten. Es ist aber unterdessen die Hexe gestorben. Vor ihrem Ende aber hat sie meine Herrin zu sich fordern lassen und ihr frei bekannt, wie sie ihren Herrn in einen Hund verwandelt hätte und ihm nicht eher geholfen werden könnte, als man ihn mit einer Salbe hinten in den Nacken salbte. Und eben dieselbe Salbe, so dazu tauglich war, hat sie meiner Herrin in einer hölzernen Büchse zugestellt. Ich glaube aber nicht, daß sie willens ist, ihren vorigen Mann wieder zu einem Menschen zu machen, auch wenn sie ihn anträfe, weil sie jetzt die besten Sachen von der Welt hat und des Junkers Konkubine ist, mit welchem sie auch schon zwei Kinder gezeugt hat.«

Diese Reden waren mir wie lauter Donnerstreiche, die mich fast in Verzweiflung brachten.

Ich tat aber doch nicht, als ob ich etwas davon verstanden hätte, auf daß der Knecht nicht auf die Gedanken geraten möchte, als ob ich wahrhaftig sein rechter Herr sei.

Ich war ungefähr sechs Wochen bei meinem Junker, und obgleich ich noch so gute Sachen bei ihm hatte, so habe ich doch mit größtem

Jammer ansehen müssen, wie er täglich meine Liebste geherzt und geküßt hat.

Einmal aber ging meine Frau zu einer Truhe, sperrte dieselbe auf.

Ich weiß zwar nicht, was sie aus derselben hat nehmen wollen, es kam ihr aber von ungefähr die Büchse mit der Salbe in die Hand, welche ihr die Hexe gegeben hatte, dieselbe nahm sie und schmiß sie von sich, sprechend:

»Geh hin, du verfluchte Salbe, ich begehre dich doch nicht mehr zu gebrauchen, und sollte mein Mann sein Lebtag ein Hund bleiben müssen.«

Als ich dieses sah und hörte, erwischte ich die Büchse und lief zur Tür, und endlich gar zum Tor hinaus auf einen dicken Wald zu.

Als ich nun in den Wald gekommen bin und mich allda über die Büchse machte, konnte ich die Salbe nicht aus derselben herauskriegen, sondern mußte sie mit großer Mühe entzweireißen.

Da nun die Büchse entzwei war, und die Salbe dalag, nahm ich solche in meine Pfoten und bestrich meinen Nacken damit.

Kaum hatte ich denselben mit dieser Salbe berührt, so war ich alsbald wiederum ein Mensch wie zuvor, stand aber ganz splitternackt da.

Die Freudigkeit, die ich darüber hatte, kann sich fast kein Mensch einbilden.

Weil ich aber keine Kleider hatte, so überfiel mich wieder eine kleine Traurigkeit, welche nicht lang dauerte, denn ich machte sogleich eine Schürze aus dem Laub, ging in ein anderes Dorf und gab vor, es hätten mich die Räuber ausgezogen, und bettelte um etwas alte Lumpen, damit ich mich doch bedecken konnte und nicht so schändlich daherziehen durfte.

Als mich nun die Leute sahen, hatten sie mit mir ein Erbarmen, warf mir einer hier, der andere dort einen Fetzen zu; damit ging ich noch weiter herum und erbettelte endlich so viel zusammen, daß ich mir wieder ein geringes, doch sauberes Kleid machen lassen konnte.

Weil ich aber um meines Weibes Zustand wußte und ich gesehen habe, wie sie und der Junker stetig miteinander die Liebe pflegten, so stand ich in Sorge, wenn ich hinginge und erkannt würde, so möchte mich der Junker ihrethalben um das Leben bringen, und also verließ ich die ganze Gegend, ging zu einem Obristen und ließ mich bei ihm zu einem Fourier unterhalten.

In dieser Charge lebte ich vergnügt und habe diesen meinen Lebens-Lauf, so viel mir die Zeit Raum gelassen hat, kürzlich beschrieben; weil wir aber Ordre zu marschieren bekommen haben, so habe ich dieser Materie ein Ende machen müssen.

Der günstige Leser lasse sich dieses Traktätlein ein Exempel der Härte gegen den armen Untertanen sein; und helfe mir GOTT danken, daß meine hündische Gestalt, in welcher ich über vier Jahre lang genugsam Jammer und Elend ausgestanden habe, zu einem glücklichen Ende ausgeschlagen ist, daß ich nunmehr wieder zu meiner vorigen Menschen-Gestalt gelangt und gekommen bin.

> Hab' ich viel hier ausgestanden,
> Und gemußt mit größten Schanden,
> Aus dem Haus und Hof davon;
> War es mein verdienter Lohn.
>
> Weib und Güter hinterlassen,
> Und gelaufen manche Straßen,
> Als ein Hund gesucht mein Brot,
> In der größten Jammers-Not.
>
> Todes-Angst hat mich umgeben,
> Daß ich wohl sollt' nimmer leben,
> Öfters in gedoppelter Zahl,
> Als wohl zweiundzwanzig Mal.
>
> Doch hab' ich die Unglücks-Stunden
> Mit Geduld all überwunden;
> Bis daß alles hat behende
> Genommen ein vergnügtes

ENDE

Über tredition

Eigenes Buch veröffentlichen

tredition wurde 2006 in Hamburg gegründet und hat seither mehrere tausend Buchtitel veröffentlicht. Autoren veröffentlichen in wenigen leichten Schritten gedruckte Bücher, e-Books und audio-Books. tredition hat das Ziel, die beste und fairste Veröffentlichungsmöglichkeit für Autoren zu bieten.

tredition wurde mit der Erkenntnis gegründet, dass nur etwa jedes 200. bei Verlagen eingereichte Manuskript veröffentlicht wird. Dabei hat jedes Buch seinen Markt, also seine Leser. tredition sorgt dafür, dass für jedes Buch die Leserschaft auch erreicht wird.

Im einzigartigen Literatur-Netzwerk von tredition bieten zahlreiche Literatur-Partner (das sind Lektoren, Übersetzer, Hörbuchsprecher und Illustratoren) ihre Dienstleistung an, um Manuskripte zu verbessern oder die Vielfalt zu erhöhen. Autoren vereinbaren direkt mit den Literatur-Partnern die Konditionen ihrer Zusammenarbeit und partizipieren gemeinsam am Erfolg des Buches.

Das gesamte Verlagsprogramm von tredition ist bei allen stationären Buchhandlungen und Online-Buchhändlern wie z. B. Amazon erhältlich. e-Books stehen bei den führenden Online-Portalen (z. B. iBookstore von Apple oder Kindle von Amazon) zum Verkauf.

Einfach leicht ein Buch veröffentlichen: **www.tredition.de**

Eigene Buchreihe oder eigenen Verlag gründen

Seit 2009 bietet tredition sein Verlagskonzept auch als sogenanntes "White-Label" an. Das bedeutet, dass andere Unternehmen, Institutionen und Personen risikofrei und unkompliziert selbst zum Herausgeber von Büchern und Buchreihen unter eigener Marke werden können. tredition übernimmt dabei das komplette Herstellungs- und Distributionsrisiko.

Zahlreiche Zeitschriften-, Zeitungs- und Buchverlage, Universitäten, Forschungseinrichtungen u.v.m. nutzen diese Dienstleistung von tredition, um unter eigener Marke ohne Risiko Bücher zu verlegen.

Alle Informationen im Internet: **www.tredition.de/fuer-verlage**

tredition wurde mit mehreren Innovationspreisen ausgezeichnet, u. a. mit dem Webfuture Award und dem Innovationspreis der Buch Digitale.

tredition ist Mitglied im Börsenverein des Deutschen Buchhandels.

Dieses Werk elektronisch lesen

Dieses Werk ist Teil der Gutenberg-DE Edition DVD. Diese enthält das komplette Archiv des Projekt Gutenberg-DE. Die DVD ist im Internet erhältlich auf **http://gutenbergshop.abc.de**

FSC
www.fsc.org

MIX

Papier | Fördert
gute Waldnutzung

FSC® C083411

Zeitfracht Medien GmbH
Ferdinand-Jühlke-Straße 7
99095 Erfurt, Deutschland
produktsicherheit@kolibri360.de